ENTRE NEGROS E MESTIÇOS:

HISTÓRIAS DO VOVÔ PARA A INFÂNCIA BRASILEIRA

Cristina Carla Sacramento

ENTRE NEGROS E MESTIÇOS:

HISTÓRIAS DO VOVÔ PARA A INFÂNCIA BRASILEIRA

MAZZA edições

ENTRE NEGROS E MESTIÇOS: HISTÓRIAS DO VOVÔ PARA A INFÂNCIA BRASILEIRA.

COLEÇÃO PENSAR A EDUCAÇÃO PENSAR O BRASIL

Série Ensaios
Coordenação
Luciano Mendes de Faria Filho (UFMG)

Capa
Túlio Oliveira

Revisão
Lourdes Nascimento

Projeto Gráfico
Casadecaba Design e Ilustração

Diagramação
Letícia Santana Gomes

S123e Sacramento, Cristina Carla.
Entre Negros e Mestiços: Histórias do Vovô para a infância brasileira / Cristina Carla Sacramento. — Belo Horizonte : Mazza Edições, 2014.
96 p. ; 12x20cm — (Coleção Pensar a Educação Pensar o Brasil).
ISBN: 978-85-7160-635-7
1.Ensaios brasileiros. I. Título.

CDD: B869.4
CDU: 821.134.3(81)-4

Produção Gráfico-editorial
MAZZA EDIÇÕES LTDA.
Rua Bragança, 101 – Pompeia
30280-410 BELO HORIZONTE – MG
Telefax: + 55 (31) 3481-0591
email: edmazza@uai.com.br
site: www.mazzaedicoes.com.br

Sumário

NOTA

Ensaio apresentado ao Concurso Nacional: Educação e Relações Étnico-Raciais, com o tema: "Educação e Relações Étnico-Raciais nos Intérpretes do Brasil", organizado pelo Projeto Pensar a Educação, Pensar o Brasil (1822-2022) e Mazza Edições, em São João Del-Rei (MG), setembro de 2013.

Apresentação

Podemos considerar a educação da população negra como um tema que foi definitivamente incorporado à historiografia educacional brasileira. Esta temática foi por muito tempo ignorada pelos estudos históricos, datando do início dos anos 1990 as primeiras críticas em relação a uma postura de negligência dos(as) historiadores(as). Hoje, no entanto, contamos com um conjunto variado de pesquisas sobre o assunto e é possível perceber sua presença com regularidade nos Programas de Pós-Graduação e nos eventos que reúnem os pesquisadores da área.

O surgimento e a consolidação deste tema enquanto objeto de análise da História da Educação ocorreu nas duas últimas décadas e a manifestação mais clara de sua evolução encontra-se no nível de refinamento das pesquisas. Os trabalhos produzidos nos últimos anos revelam que o foco das pesquisas não está exclusivamente situado em questões amplas como as políticas educacionais, ou processos históricos como escravidão e abolição. A produção vem sendo revigorada por análises que, sem perder de vista os elementos estruturais, se voltam para o entendimento de suas manifestações no cotidiano das práticas educativas.

É dentro deste movimento de afirmação e revigoração das pesquisas sobre a história da educação da população negra que se inscreve este livro de Cristina Carla Sacramento, que tenho o prazer de apresentar.

A pesquisa que deu origem ao livro foi, inicialmente, apresentada como dissertação de mestrado ao Programa de Pós-Graduação em Educação da Universidade Federal de São João Del-Rei. Posteriormente, foi contemplada com o primeiro lugar no Concurso Nacional de Ensaios promovido pelo Projeto Pensar a Educação Pensar o Brasil, em 2013, cujo tema era Educação e Relações Étnico-Raciais nos Intérpretes do Brasil. Portanto, a origem deste livro já é por si só uma evidência da qualidade do trabalho que os leitores e leitoras têm em suas mãos.

A análise tem como foco a obra *História do Brasil para crianças*, publicada por Viriato Corrêa, em 1934, livro que contou com várias edições que circularam por mais de cinco décadas no mercado editorial brasileiro. No entanto, a abordagem está situada nos anos 1930, período em que houve uma política de expansão da produção de livros didáticos no país e no qual encontramos uma intensa discussão sobre a formação da nacionalidade. A autora articula de forma competente estas duas dimensões, demonstrando vários elementos que indicam como o livro de Viriato Corrêa incorporou o imaginário que caracterizou a sociedade brasileira na primeira metade do século XX, particularmente aquele que foi produzido nos anos 1930, cuja principal marca foi a preocupação com a produção de uma identidade nacional.

Os discursos sobre a identidade tinham como característica a produção de narrativas que justificassem e incorporassem a diversidade étnico-racial ao pensamento nacional. Isso ocorreu por meio de uma reafirmação da hierarquia entre os grupos e da produção de estereótipos e preconceitos que subalternizaram a população negra. Obras como *História do Brasil para crianças* revelam que este tipo de mentalidade foi incorporado ao campo educacional passando a ser veiculado mediante diferentes experiências pedagógicas desenvolvidas nas escolas brasileiras.

Cristina Sacramento não deixa de relacionar sua pesquisa com a Lei nº 10.639 que, em 2003, alterou a Lei de Diretrizes e Bases da Educação estabelecendo procedimentos para uma incorporação positiva dos negros ao currículo das escolas. Quando confrontamos esta realidade com o processo histórico colocado em destaque pela autora, encontramos elementos para dimensionar os dilemas enfrentados pela educação brasileira em sua tarefa de renovar as formas de tratamento das relações étnico-raciais. Este é um dos desafios que está contido neste interessante livro de

História da Educação, onde o passado e o presente foram articulados como parte de um problema fundamental para a sociedade brasileira.

Marcus Vinícius Fonseca

Belo Horizonte, julho/2014.

Introdução

O presente ensaio[1] analisa o livro didático *História do Brasil para crianças* (1946) de Viriato Corrêa, com ênfase nos discursos sobre os negros, o tratamento da história e cultura afro-brasileira e seus desdobramentos nas relações étnico-raciais brasileiras. Trata-se de um livro didático voltado para o ensino de História do Brasil e destinado ao ensino primário, que permaneceu por muitos anos no mercado editorial brasileiro.

A seleção de um livro produzido na primeira metade do século XX partiu do pressuposto de que este período foi significativo, tendo em vista que o Brasil se encontrava nas primeiras décadas de seu novo regime político, a República, com a população negra livre. De acordo com Munanga (2004), o fim da escravidão

[1] Este trabalho é um desdobramento das análises desenvolvidas na dissertação de mestrado intitulada De "gente de África" a "nossos irmãos": quem são os negros nos livros didáticos de História do Brasil de Rocha Pombo e Viriato Corrêa?. A pesquisa foi realizada na Universidade Federal de São João del-Rei (UFSJ) sob a orientação do Prof. Dr. Laerthe de Moraes Abreu Jr. e financiada pela agência CAPES-REUNI.

propôs à elite intelectual da época o desafio de construir uma "nação" e uma "identidade nacional" brasileira, ao mesmo tempo que

> [...] a pluralidade racial nascida do processo colonial representava, na cabeça dessa elite, uma ameaça e um grande obstáculo no caminho da construção de uma nação que se pensava branca, daí porque a raça tornou-se o eixo do grande debate nacional que se travava a partir do século XIX e que repercutiu até meados do século XX (MUNANGA, 2004, p. 54).

Nesse sentido, Munanga (2004) ressalta que, após a abolição da escravatura, os intelectuais brasileiros, em sua maioria influenciados pelas teorias racistas ocidentais, estavam convencidos da existência de diferenças entre as raças e particularmente da inferioridade da raça negra. Mas, ainda assim, era necessário elaborar uma identidade étnica única para o país, o que culminou, como será visto posteriormente, na emergência da figura do mestiço, que ora foi tratado como o elemento de transição para uma sociedade branca em que as diversidades raciais e culturais seriam diluídas; ora como o fruto de cruzamento inter-racial que, tendo herança genética negra, seria responsável pela dificuldade em se constituir o povo brasileiro.

Dessa forma, é preciso ter em vista que, para este trabalho, é fundamental o fato de que, no período abordado, os negros, antes força de trabalho, constituíam uma categoria de homens livres, que deveria ser incorporada à sociedade brasileira. E isso se daria principalmente pela educação.

É importante destacar também, que, no período abordado, os governantes brasileiros estavam comprometidos com o crescimento do país e com a constituição de uma nação onde todos estivessem incluídos. O processo de consolidação da República e dos embates das correntes que disputavam a hegemonia da condução da sociedade brasileira sofreu um forte impacto com a Revolução de 1930, um período na história brasileira marcado por uma política intervencionista que visava propiciar ao Brasil progresso urbano e industrial. A longa presença de Vargas à frente do governo trouxe uma gama variada e heterogênea de iniciativas por toda a sociedade, cujas marcas também se fizeram notar no campo educacional (D'ARAÚJO, 1997).

Nesse período foram tomadas as primeiras medidas nacionalizadoras relativas aos livros didáticos, tais como a criação do Instituto Nacional do Livro Didático (INL) em 1929[2]; o Decreto-Lei nº 1.006/1938, que estabeleceu as condições de produção, importação e utilização dos livros, além da instituição da Comissão Nacional do Livro Didático (CNLD), responsável,

---

[2] Este trabalho é um desdobramento das análises desenvolvidas na dissertação de mestrado intitulada De "gente de África" a "nossos irmãos": quem são os negros nos livros didáticos de História do Brasil de Rocha Pombo e Viriato Corrêa?. A pesquisa foi realizada na Universidade Federal de São João del-Rei (UFSJ) sob a orientação do Prof. Dr. Laerthe de Moraes Abreu Jr. e financiada pela agência CAPES-REUNI.

entre outras funções, por examinar e julgar os livros publicados a fim de autorizar seu uso.

É importante destacar que, segundo Bittencourt (2008), até a segunda metade do século XIX, os livros didáticos utilizados nas instituições escolares brasileiras eram, em sua maioria, traduções francesas e alemãs. Tal postura precisou ser alterada a partir da década de 1870, quando foram feitas críticas aos livros estrangeiros, seguidas de propostas para que se elaborassem livros nacionais, abordando a realidade brasileira.

Nessa perspectiva, os livros didáticos de História do Brasil se apresentavam como uma possibilidade de mudança, pois exigiam de seus autores que se debruçassem sobre o relato da constituição do país e produzissem obras genuinamente brasileiras. Soma-se a isso o fato de que os livros eram utilizados para atender à demanda de um país que estava em expansão escolar e que poderia se utilizar do material didático para apresentar sua história oficial de nação, já pensada no Brasil, desde a proclamação da República. Uma vez que, segundo Freitas e Biccas (2009), as primeiras décadas do século XX foram marcadas pela expansão e difusão da educação pública por meio de reformas educacionais em diferentes estados do país[3].

---

[3] Os autores citam: Reforma Sampaio Dória (1920, São Paulo); Reforma Lourenço Filho (1922, Ceará); Reforma Carneiro Leão (1922, Distrito Federal); Reforma José Augusto (1925, Rio Grande do Sul); Reforma Lysímaco da Costa (1927, Paraná); Reforma Francisco Campos (1927, Minas

A tentativa de se promover o nacionalismo e/ou patriotismo não se limitava às intervenções realizadas diretamente pelas políticas estaduais, mas se dava também por meio da educação de seu povo. Nesse sentido, é possível acreditar que os livros didáticos auxiliariam nessa campanha de estabelecer os valores e condutas desejáveis àquela sociedade, uma vez que as instituições de ensino podem ser consideradas espaços privilegiados para a construção de saberes e atitudes. Por essa razão, considerou-se pertinente analisar quais eram os discursos produzidos sobre os negros nesse material de uso pedagógico, na tentativa de compreender suas implicações na sociedade brasileira, que por mais de três séculos se utilizou do trabalho dos negros em seu sistema de escravidão.

Isso porque os debates sobre os negros e a sua situação no Brasil, principalmente aqueles liderados pelos movimentos sociais, têm sido expressivos desde a segunda metade do século XX, e, segundo Santos (2005), culminaram na promulgação da Lei nº 10.639/2003. Esta legislação alterou a Lei nº 9.394/96, que estabelece as diretrizes e bases da educação nacional, para incorporar no currículo das instituições de ensino fundamental e médio, oficiais e particulares, a

Gerais); Reforma Carneiro Leão (1928, Pernambuco); Reforma Fernando de Azevedo (1928, Distrito Federal) e Reforma Anísio Teixeira (1928, Bahia) (FREITAS; BICCAS, 2009, p. 16).

> "História da África e dos Africanos, a luta dos negros no Brasil, a cultura negra brasileira e o negro na formação da sociedade nacional, resgatando a contribuição do povo negro nas áreas social, econômica e política pertinentes à História do Brasil" (BRASIL, 2005, p. 35).

De acordo com Santos (2005), após a abolição, ao mesmo tempo que a educação formal era entendida como uma forma de ascensão social para os negros, ela era vista como um dispositivo[4] de reprodução das desigualdades sociais. E, neste sentido, a militância negra se manifestou de forma contundente em prol de mudanças na educação, pois estava convencida de que o sistema educacional brasileiro viabilizava a reprodução do preconceito em relação aos negros por meio de seu programa de ensino e dos conteúdos escolares. Tal postura é visível no militante Abdias do Nascimento, para quem,

> O sistema educacional [brasileiro] é usado como aparelhamento de controle nesta estrutura de discriminação cultural. Em todos os níveis do ensino brasileiro – elementar, secundário, universitário – o elenco das matérias ensinadas, [...] constitui um ritual da formalidade e da ostentação da Europa. [...] Se consciência é memória e futuro, onde está a memória africana, parte inalienável da consciência brasileira? Onde e quando a história da África, o desenvolvimento

[4] Na perspectiva de Foucault (2011, p. 244), um dispositivo pode ser entendido como "[...] um conjunto decididamente heterogêneo que engloba discursos, instituições, organizações arquitetônicas, decisões regulamentares, leis, medidas administrativas, enunciados científicos, proposições filosóficas, morais, filantrópicas."

> de suas culturas e civilizações, as características do seu povo, foram ou são ensinadas nas escolas brasileiras? Quando há alguma referência ao africano ou negro, é no sentido do afastamento e da alienação da identidade negra. Tampouco na universidade brasileira o mundo negro-africano tem acesso (NASCIMENTO, 1978, *apud* SANTOS, 2005, p. 23).

A partir de então, os militantes negros começaram a reivindicar, mediante manifestações diversas[5], a inclusão da história africana e afro-brasileira nos currículos escolares de 1º, 2º e 3º graus; o monitoramento dos materiais didático-pedagógicos para a seleção dos mais adequados ao combate ao preconceito; e a capacitação dos professores, para que estes pudessem trabalhar com a temática e, ao mesmo tempo, intervir em práticas discriminatórias que porventura fossem identificadas.

Segundo Santos (2005, p. 25), os movimentos negros conseguiram fazer com que o governo brasileiro atendesse algumas de suas reivindicações, como na segunda metade da década de 1990, por exemplo, houve "a revisão de livros didáticos [...] em que os negros apareciam de forma estereotipada, ou seja, eram representados como subservientes, racialmente inferiores, entre outras características negativas".

---

[5] Dentre as várias manifestações realizadas por esses movimentos, podemos destacar o I Congresso do Negro Brasileiro (1950); a Convenção Nacional do Negro pela Constituinte (1986) e a Marcha Zumbi dos Palmares contra o Racismo, pela Cidadania e a Vida (1995) (SANTOS, 2005).

Para além desse fato, os movimentos negros conseguiram também que algumas Instituições de Ensino estaduais e municipais incluíssem em seu currículo "disciplinas sobre a História dos Negros no Brasil e a História do Continente Africano nos ensinos fundamental e médio" (SANTOS, 2005, p. 26). Essas alterações ocorreram na Bahia (1989); em Belo Horizonte (1990); Porto Alegre (1991); Belém (1994); Aracaju (1994/1995); São Paulo (1996); Teresina (1998); e Brasília (1996).

Santos (2005) ainda aponta que em Brasília foi sancionada a Lei nº 1.187/1996 pelo então governador Cristovam Buarque, propondo que se introduzisse nos Estabelecimentos de Ensino o estudo da raça negra. Nos artigos da referida Lei, constavam também: a revisão dos currículos sob responsabilidade da Secretaria de Educação, a análise do material didático e a qualificação constante de professores em cursos e seminários.

Nesta perspectiva, é importante ressaltar que este trabalho parte de reflexões acerca da referida Lei nº 10.639/2003, que estabeleceu a obrigatoriedade do ensino da história africana e afro-brasileira, para compreender os discursos produzidos sobre os negros em um livro didático destinado ao ensino de História do Brasil na primeira metade do século XX. Partir de uma lei recente para verificar o discurso sobre os negros num período do século passado se baseou na perspectiva de Bloch (2001), que contrapõe os considerados "devotos do imediato" que dissociam o passado do presente, àqueles "exploradores das origens", obcecados em explicar os acontecimentos mais recentes partindo dos mais distantes. Isso porque, segundo esse autor, em alguns casos, "ocorre de [...] o conhecimento do presente ser diretamente mais importante para a compreensão do passado" (BLOCH, 2001, p. 66). Ou seja, a partir de acontecimentos do presente, o pesquisador pode formular questões relacionadas ao seu passado (BLOCH, 2001).

Nesse sentido,considerou-se importante remontar à primeira metade do século XX, a fim de analisar os discursos veiculados sobre os negros, sua relação com a história e cultura afro-brasileiras e seus desdobramentos nas relações étnico-raciais brasileiras no livro didático *História do Brasil para crianças* (1946). Para tanto, adotaram-se as contribuições da teoria do discurso desenvolvida pelo pensador Michel Foucault[6] (1926-

---

[6] Paul-Michel Foucault nasceu em Poitiers, França, em uma família de médicos. Formou-se em Filosofia e Psicologia e se dedicou à investigação de temáticas diferenciadas, com procedimentos igualmente diversos, não se posicionando teoricamente em relação a nenhuma disciplina específica. Gondra (2005) considera que essa "inquietação" teórico-metodológica possa ser o motivo de Foucault ter causado tanta polêmica em vários campos do saber, tais como Psicologia, Medicina, Direito e História, ao questionar a considerada tradicional epistemologia e buscar, por meio da arqueologia, compreender a ciência enquanto um conjunto de saberes. A arqueologia é uma metodologia desenvolvida por Foucault definida como a história dos saberes e que pretende analisar a constituição das ciências.

1984), uma vez que esse método investigativo consiste em

> [...] apreender o enunciado na estreiteza e na singularidade de seu acontecimento; de determinar suas condições de existência [...] de estabelecer suas correlações com os outros enunciados aos quais ele pode estar ligado. [...] Não se procura absolutamente, por baixo do que é manifesto, o falatório em surdina de um outro discurso (FOUCAULT, 2008, p. 93).

Importante destacar que a análise do discurso para Foucault não tem por objetivo identificar possíveis ideologias subjacentes ao texto, ou seja, não procura descobrir o sentido oculto, o segredo que finalmente ao ser desvelado escancararia a verdade de sua intenção. Desse modo, a pesquisa teve como objetivo compreender os diferentes discursos[7] veiculados no livro escolhido, considerando sempre que tais discursos são construídos social e historicamente.

Neste sentido, este ensaio se organiza em três momentos. O primeiro deles aborda sucintamente as perspectivas de alguns intelectuais brasileiros sobre os negros e sua descendência mestiça e de que maneira eles concebiam a integração destes na sociedade brasileira; no segundo momento, são apresentados aspectos relacionados à produção dos livros didáticos, associadas

---

[7] Foucault (2008, p. 132) entende o discurso como um "conjunto de enunciados, na medida em que se apóiem na mesma formação discursiva." E preciso deixar claro que, para Foucault, esses enunciados estão apoiados em um conjunto de signos e são limitados pelo sistema linguístico.

à autoria destes e à legislação que regulamentava sua produção e utilização. Finalmente, serão apresentadoso livro didático *História do Brasil para crianças*, a análise dos discursos sobre os negros e relações étnico-raciais presentes nele e as considerações estabelecidas.

Os negros, os mestiços e a formação da nacionalidade brasileira

Os sujeitos dos quais trata o presente trabalho são os africanos, cujas diferenças intertribais, segundo Barros (2009), foram dissipadas pelo tráfico negreiro e transformadas numa categoria homogênea denominada "negros", que posteriormente seria o aspecto que identificaria os escravos em oposição aos brancos e livres. Isso implica dizer que o tráfico negreiro mesclou as peculiaridades tribais africanas, favorecendo a percepção de uma nova diferenciação que se pautava na pigmentação da pele. Para o autor,

> entre os séculos XVI e XIX, os "negros" não se viam na África em absoluto como "negros". "Negro" foi de algum modo uma construção "branca" – já que os povos africanos enxergavam a si mesmos como pertencentes a grupos étnicos bem diferenciados e em certos casos reciprocamente hostis. Na verdade, o aspecto diferencial "negro" foi grosso modo construído no Ocidente Europeu a partir da superação de diversas diferenciações que existiam (e existem até hoje) nas sociedades tribais africanas (BARROS, 2009, p. 39-40).

Nesse sentido, várias comunidades foram indistintamente igualadas no pensamento ocidental, em função de um elemento que alguns grupos possuíam em comum: a cor da pele, se comparadas ao padrão europeu. Mesmo após a abolição, essa percepção racial ainda vigorou no sentido de constituir uma diferença sociopolítica entre os brasileiros, o que caracteriza sua perspectiva cultural.

Neste viés reflexivo, Munanga (2012) afirma que o conceito de raça originou-se do latim *ratio* para designar categoria ou espécie, sendo utilizado principalmente na Zoologia e na Botânica. O naturalista sueco Carl von Linné, ou Lineu (1707-1778) realizou a classificação de plantas em 24 diferentes grupos a partir da categoria raça e, posteriormente, fez uso do mesmo conceito para dividir e classificar a humanidade. Segundo Munanga (2012, s/p), o naturalista acreditava na existência de quatro raças e que a diversidade humana poderia ser assim organizada:

> **Americano:** [...] moreno, colérico, cabeçudo, amante da liberdade, governado pelo hábito, tem corpo pintado.
>
> **Asiático:** amarelo, melancólico, governado pela opinião e pelos preconceitos, usa roupas largas.
>
> **Africano:** negro, flegmático, astucioso, preguiçoso, negligente, governado pela vontade de seus chefes (despotismo), unta o corpo com óleo ou gordura, sua mulher tem vulva pendente e quando amamenta seus seios se tornam moles e alongados.

Europeu: branco, sangüíneo, musculoso, engenhoso, inventivo, governado pelas leis, usa roupas apertadas.

A partir dessa classificação, é possível perceber que o naturalista atribuiu características aos diversos grupos, segundo o continente a que pertenciam. E, nesse sentido, o contraste entre europeus e africanos fica evidente quando ele mencionou a cor de ambos: branco e negro, acrescentando características que ultrapassam o biológico e alcançam os valores morais, que elegeram o europeu/branco como "inventivo" e governado pelas leis, enquanto o africano/negro seria "negligente", "governado" pelos chefes.

Como pôde ser observado, houve um deslocamento no uso do enunciado raça do âmbito das ciências naturais para as ciências sociais e humanas e ao longo dos séculos XVIII e XIX a cor da pele, a espessura dos lábios, o formato do crânio e do nariz tornaram-se elementos fundamentais no aprimoramento da classificação da humanidade em raças, fazendo com que vários "saberes"[8] fossem constituídos sobre os diferentes grupos humanos. Estes saberes podem ser entendidos como a constante reelaboração dos conceitos de Lineu ao longo do tempo, que culminou na permanência da classificação e hierarquização dos diferentes grupos humanos.

---

[8] Para Foucault (2008, p. 204), o saber é um conjunto de elementos constituídos regularmente numa prática discursiva, sendo essenciais para constituir uma ciência, ele é também, "o espaço em que o sujeito pode tomar posição para falar dos objetos de que se ocupa em seu discurso".

Nessa perspectiva, Munanga (2004, p. 53) afirma que "todo o arcabouço pseudocientífico engendrado pela especulação ocidental repercute com todas as suas contradições no pensamento racial da elite intelectual brasileira". Estes estudos teriam influenciado os intelectuais brasileiros, que discutiram o processo de mestiçagem tendo como referência os teóricos ocidentais americanos e europeus tanto de sua época, quanto de épocas anteriores[9]. No entanto, esses teóricos não tinham visões homogêneas em relação a esse fenômeno: por um lado, a mestiçagem era entendida como um processo que poderia degradar a "boa raça", e, por outro, como a possibilidade de devolver os traços originais à espécie humana.

Schwarcz (1993), por sua vez, referiu-se aos intelectuais brasileiros como *homens de sciencia*[10], cujas

---

[9] Importante destacar o naturalista Louis Agassiz e o filósofo e sociólogo Joseph-Arthur Gobineau, que manifestavam uma opinião negativa em relação à mestiçagem, uma vez que a consideravam um empecilho ao progresso das nações e da virilidade das gerações futuras (GOULD, 1999).

[10] Schwarcz (1993) explica que esses homens se reconheciam enquanto tais por pertencerem a instituições cuja finalidade era a produção de saberes, tais como centro de ensinos, museus, faculdades de direito e medicina e institutos históricos. Ela mencionou Manoel de Oliveira Lima (1865-1928) do Instituto Archeologico e Geographico Pernambucano; Francisco José de Oliveira Viana (1883-1951) do Instituto Historico e Geographico Brasileiro; Tobias Barreto (1839-1889); Silvio Romero (1851-1914) da Faculdade de Direito do Recife; João Baptista Lacerda (1846-1915) do Museu Nacional; Raimundo Nina Rodrigues (1862-1906); Euclides da Cunha (1866-1909); Edgard Roquete Pinto (1884-1909) do Instituto Historico e Geographico Brasileiro; Herman von Ihering (1850-1930) do

opiniões eram bastante variadas no que diz respeito à conformação do povo brasileiro enquanto nação. Segundo ela, esses homens compartilhavam principalmente das produções científicas europeias e buscavam formular modelos que englobassem ideais comuns para a nação. As abordagens positivistas, evolucionistas e o darwinismo social não foram simplesmente transferidos para o Brasil, mas interpretados a fim de serem adaptados ao contexto particular que o país apresentava, tornando-se um instrumento que pretendia definir de modo conservador e autoritário a identidade nacional, apoiando, ao mesmo tempo, as hierarquias sociais já estabelecidas (SCHWARCZ, 1993). Neste sentido, a autora enfatiza que ocorreu um uso inusitado das teorias raciais, em que foram privilegiadas abordagens que explicavam as diferenças e hierarquias sociais ao mesmo tempo que se possibilitava a configuração de um país mestiço.

Exemplar nesse sentido é o posicionamento de João Baptista Lacerda (1846-1915), diretor do Museu Nacional, que em sua participação no Primeiro Congresso Universal das Raças em Londres, em 1911, destacou que os mestiços não constituíam uma raça verdadeira, haja vista que suas características físicas

---

Museu Paulista; Oswaldo Cruz (1872-1917) da Faculdade de Medicina do Rio de Janeiro; Miguel Pereira (1871-1918) da Academia de Medicina do Brasil; e A. A. de Azevedo Sodré (1864-1929) da Faculdade de Medicina do Rio de Janeiro.

variavam constantemente entre o fenótipo branco e negro a cada cruzamento. Embora Lacerda (1911 *apud* SCHWARCZ, 2011) considerasse o negro um elemento nocivo à formação do povo brasileiro, reconheceu que os mestiços nascidos de seu cruzamento com o branco não geraram necessariamente sujeitos inferiores; pelo contrário, havia a possibilidade de nascerem sujeitos dotados de grande inteligência. E deixou clara a sua expectativa de que, em um século, ocorreria o branqueamento progressivo da sociedade brasileira. Isso porque, segundo ele, os mestiços procuravam uniões matrimoniais com o grupo branco, fazendo com que ao longo de algumas gerações sua descendência já apresentasse características físicas desses últimos; outro motivo seria o fato de que, após a abolição, o negro[11] saíra dos centros urbanos civilizados, passando a viver de modo quase selvagem em lugares pouco povoados, tendendo a desaparecer; e, finalmente, em decorrência da imigração europeia, que aumentaria a população branca brasileira.

O médico e antropólogo Raimundo Nina Rodrigues (1862-1906), da Faculdade de Medicina da Bahia, não estava convencido de que fosse possível construir uma civilização brasileira mediante o

[11] Para Lacerda (1911, apud SCHWARCZ, 2011), o elemento indígena puro também desapareceria mediante o contato com a população civilizada que ao longo do tempo penetraria as regiões menos conhecidas do país.

caldeamento cultural das raças branca, indígena e negra, pois considerava essas duas últimas inferiores. Para ele, impor a negros e índios, cujos espíritos eram atrasados, uma adaptação forçada à civilização, exigiria tamanho esforço mental por parte deles, que poderia desencadear desequilíbrios e perturbações mentais. Nina Rodrigues (1938) chegou a sugerir a legalização da heterogeneidade brasileira, por meio da criação da responsabilidade penal atenuada, uma vez que os negros e índios eram considerados totalmente irresponsáveis e selvagens e não teriam atingido o nível psíquico necessário para discernir seus atos.

Em contrapartida, vozes dissonantes também se manifestaram nesse contexto, tal como fez o bacharel em direito e jornalista Alberto Torres (1865-1917), que não acreditava que a identidade e nacionalidade brasileiras seriam prejudicadas pela diversidade racial aqui existente. Ele estava convencido de que países ainda jovens, cuja formação resultou de descobrimento e colonização, como foi o caso do Brasil, deveriam buscar construir de modo artificial a sua nacionalidade, a partir da união de sua diversidade cultural e racial e por meio da educação do patriotismo que criaria o sentimento de pertencimento nacional (MUNANGA, 2004).

Para Torres (2002, p. 109), "a raça, como tal, nada tem que ver com a civilização", uma vez que os conhecimentos científicos demonstraram que, a despeito das diversidades humanas, não existem critérios que autorizem a declaração de desigualdades cerebrais que comprometam seu desenvolvimento. Nesse sentido, as hierarquias raciais não passavam de um fenômeno resultante da evolução social, nada tendo a ver com a anatomia e a fisiologia dos sujeitos.

Segundo Munanga (2004), o médico Manoel José do Bomfim (1868-1932), que escreveu trabalhos nas áreas de psicologia, pedagogia, história, sociologia, entre outras, também buscou compreender os motivos do atraso brasileiro e da América Latina a partir de uma perspectiva histórica e apontou, dentre outros elementos, o conservadorismo político, a ausência de tradição científica e o abandono a que ex-escravos ficaram relegados após a abolição. Nessa perspectiva, a constituição da unidade nacional deveria situar-se no âmbito sociológico e não no racial.

Bomfim (2008) ressaltava ainda que, embora alguns etnologistas e sociólogos afirmassem que o cruzamento entre as diferentes raças originasse sujeitos inferiores, as analogias realizadas tendo por base a biologia e o cruzamento entre espécies de animais eram improcedentes. Isso porque, segundo ele, nada há em termos fisionômicos nos mestiços que comprove uma regressão moral ou intelectual, sendo as instabilidades sociais consequências da ordem política estabelecida e das condições históricas de colonização. Assim, seus defeitos e virtudes são frutos da educação recebida e adaptação às condições de vida a que tiveram acesso e não de uma possível inferioridade mental.

Em meio às divergências de opiniões irrompidas durante o final do século XIX e início do XX, permanecia para os intelectuais brasileiros o desafio de construir uma identidade nacional, diante de um dilema que ora entendia o progresso como algo inevitável e ora temia que a mistura de raças acarretasse a degeneração individual e coletiva (SCHWARCZ, 1993).

Segundo Munanga (2004), parte desse conflito foi superada com a publicação da obra *Casa-grande & senzala*, de Gilberto Freyre, quando no país se enfatizava o desenvolvimento social como meta e as teorias raciais perderam força. Freyre abordou o relacionamento sexual de senhores com escravas negras e indígenas e a consequente aproximação desses grupos a partir do surgimento do mestiço. Assim, sua obra procurou apontar contribuições culturais das três raças na constituição do país, e a mestiçagem nesse novo contexto despontou como algo positivo, tanto no aspecto físico, como no cultural, e tornou harmoniosa a convivência dos brasileiros, independentemente de seu pertencimento étnico-racial ou social.

Se foi dito que o problema identitário nacional fora resolvido em parte, é porque, ainda segundo Munanga (2004), o fato de todos se reconhecerem como brasileiros foi uma tentativa de encobrir os conflitos raciais e suprimir as características individuais das comunidades subalternas em favor de uma identidade comum. Assim, surgiria uma nação[12] com uma única raça e cultura, o que o levou a considerar que

> Uma tal sociedade seria construída segundo o modelo hegemônico racial e cultural branco ao qual deveriam ser assimiladas todas as outras raças e suas respectivas produções culturais. O que subentende o genocídio e o etnocídio de todas as diferenças para criar uma nova raça e uma nova civilização, ou melhor, uma verdadeira raça e uma verdadeira civilização brasileiras, resultantes da mescla e da síntese das contribuições dos stocks raciais originais. Em nenhum momento se discutiu a possibilidade de consolidação de uma sociedade plural em termos de futuro, já que o Brasil nasceu historicamente plural (MUNANGA, 2004, p. 97).

De acordo com Munanga (2004), ainda que o mestiço tenha sido pensado como o representante da identidade brasileira, a mestiçagem foi inicialmente concebida como uma etapa transitória do processo de branqueamento da população brasileira e este ideário de branqueamento despertou nos mestiços a tentativa constante de aproximação do tipo caucasiano, em detrimento da formação de uma identidade mestiça sólida. Nesse sentido, é importante deixar claro que

---

[12] A noção de unidade cultural e racial despertou reações do Movimento Negro, principalmente na década de 1970, que reivindicava a construção de uma sociedade plurirracial e pluriétnica, a fim de dar aos negros e aos mestiços uma consciência política que lhes permitisse se mobilizarem politicamente em torno de uma identidade comum (MUNANGA, 2004).

> A ideologia do branqueamento se efetiva no momento em que, internalizando uma imagem negativa de si próprio e uma imagem positiva do outro, o indivíduo estigmatizado tende a se rejeitar, a não se estimar e a procurar aproximar-se em tudo do indivíduo estereotipado positivamente e dos seus valores, tidos como bons e perfeitos (SILVA, 2005, p. 23).

Pode-se considerar, então, que o desejo de branqueamento deflagrou-se no Brasil porque, conforme Nogueira (2007), o preconceito no país é de "marca", ou seja, está voltado para as características físicas dos sujeitos, seu sotaque e seus gestos, ao contrário dos Estados Unidos, por exemplo, cujo preconceito é de "origem", considerando a ascendência dos sujeitos.

Analisada nessa perspectiva, a mestiçagem era entendida como um período de transição para se alcançar uma sociedade branca. O que se produziu na visão dos intelectuais brasileiros a fim de alcançar essa meta foi uma espécie de negação da diferença e uma tentativa de produzir uma identidade nacional homogênea; a identidade racial dos grupos dominados seria desconstruída ao longo do tempo.

Moura (2005) corrobora essa questão ambígua dos brasileiros, afirmando que

> Na verdade, o Brasil nos oferece a estranha imagem de um país de identidade inconclusa, já que, ao longo da história de nossa formação, continuamos a nos perguntar a todo momento sobre quem somos e,

> assim, o brasileiro, por falta de conhecer melhor a sua história, acaba por não ter condições de se identificar consigo mesmo (MOURA, 2005, p. 78).

Ao mesmo tempo, a autora destaca o desafio de se construir na escola um currículo que considere e inclua as múltiplas identidades que compõem a população brasileira, levando o aluno a conhecer sua ascendência e ter condições de identificar-se como brasileiro. Identificar-se como negro, branco, indígena ou simplesmente mestiço: eis a questão.

Os discursos até aqui apresentados eram recorrentes em institutos reconhecidos por sua capacidade de produzir conhecimentos e, ao mesmo tempo, apresentar propostas de identidade para um país cuja população apresentava ascendência diversa que deveria ser integrada enquanto povo. Neste sentido, para este ensaio, foi importante considerar os discursos sobre os negros nos livros didáticos de História do Brasil – especificamente no livro de Viriato Corrêa – que circulavam nas instituições escolares, aqui entendidas como espaços privilegiados na produção e propagação de saberes e formação de identidades, a fim de perceber o posicionamento desse autor sobre os negros, a cultura africana e a afro-brasileira e seus desdobramentos nas relações étnico-raciais.

Os livros didáticos de História do Brasil e a legislação que regulamentava sua produção e utilização

Analisar livros didáticos requer compreender relações mais amplas, uma vez que por meio de seu estudo podem ser reveladas facetas da organização escolar, das relações de poder entre editoras e autores e os modos pelos quais determinados saberes legitimaram-se socialmente, transformando-se em conteúdos escolares. Bueno (2011) destaca que os livros didáticos desempenham um papel significativo na cultura da sociedade ao serem instrumentos integrantes da tradição escolar e influenciarem a organização dos conteúdos a serem abordados, ao mesmo tempo que se apresentam como uma mercadoria a ser produzida e consumida.

Segundo Choppin (2000, p. 110), estes livros, que são por ele chamados de "manuais escolares", podem ser considerados importantes ferramentas pedagógicas, cuja função é favorecer a aprendizagem, além de participarem de um "processo de socialização, aculturação e doutrinação de novas gerações". Isso implica dizer que, por meio dos "manuais escolares", pretende-se indicar aos alunos tipos de comportamentos, condutas e valores considerados ideais e/ou essenciais numa dada sociedade.

Enquanto elemento intrinsecamente relacionado aos objetivos educacionais por intermédio da educação considerada formal, é possível entender um livro como didático, a partir de sua utilização em sala de aula. Em nosso país, inicialmente, os livros considerados didáticos se destinavam à demanda de formar professores, mas ao longo do século XIX foram estendidos aos alunos, como um dispositivo de controle do saber a ser difundido nas instituições escolares por parte do Estado. Isso porque, segundo Bittencourt (2008, p. 27), no início do século XIX, os homens letrados brasileiros dedicados a projetos educacionais, influenciados por concepções iluministas[13] acreditavam que "o livro escolar deveria condicionar o leitor, refrear possíveis liberdades diante da palavra escrita, impressa". Nesse sentido, a autora afirma que "um texto escolar deveria resultar, [...] diferentemente de outros livros, de um cuidadoso plano engendrado pelo poder constituído, articulado com outros discursos que definiam o saber escolar" (CHARTIER, 1990, *apud* BITTENCOURT, 2008, p.27).

---

[13] Segundo Bittencourt (2008, p. 26), os iluministas acreditavam no "caráter poderoso da palavra impressa", uma vez que determinadas interpretações poderiam levar classes consideradas inferiores ao desejo de mudança. Nesse sentido, temiam as consequências que o saber escolar, veiculado nos livros didáticos, poderia causar.

Segundo Bittencourt (2008), os livros de História do Brasil, surgiram no país em 1831, com a obra *Resumo da História do Brasil*[14], de Henrique Luiz de Niemeyer Bellegarde, e, em finais da década de 1850, a produção desses livros já era significativa, uma vez que o interesse das editoras em publicá-los cresceu à medida que, entre outros fatores, nesse mesmo período tornou-se obrigatório o ensino de História do Brasil no Colégio Pedro II.

A partir de então, começou-se a acreditar que a História do Brasil deveria constituir uma espécie de texto de leitura nas instituições escolares de ensino elementar e não se limitar a ser estudada apenas nos compêndios, mas também nos textos de literatura. Bittencourt (2008, p. 146) aponta que, para cumprir essa nova perspectiva didática, a história do país estava presente nas "*seletas*, destinadas ao curso secundário, *livros de leitura* do ensino elementar e em *livros de coletâneas*, espécie de pequenas enciclopédias juvenis", onde se destacavam histórias sobre "heróis nacionais" e seus feitos e as tradições brasileiras. Isto significa que, a partir da educação escolar, pretendia-se garantir a propagação do ideário de "nação-território" e a legitimação da história nacional.

A título de exemplo, convém ressaltar nas *Leis e Decretos do Estado de Minas Gerais*, de 1927, algumas

---

14 Alves e Centeno (2009) chamam a atenção para o fato de esse livro resultar da tradução da obra *Resumé de l'histoire du Brésil*, de Ferdinand Denis.

orientações para o conteúdo de História do Brasil para o ensino primário:

> 6. Os melhores fructos, que o estudo da historia terá de dar, consistem no reconhecimento à tradição e no optimismo para a iniciativa. Nós somos devedores do passado e com a nossa iniciativa benefica solveremos essa divida, fazendo-nos creadores do futuro.
>
> 7. Chama-se tradição o progresso do passado: desse progresso é que a historia ha de tratar, principalmente no curso primario, não se preoccupando com os erros ou os crimes do passado, como sejam, por exemplo, as scenas da escravidão. E deste modo somente, se hão de colher os bons fructos (MINAS GERAIS, 1928, Vol. III, p. 1683-1684).

Ao considerar, como já foi dito, que essa propagação se daria nos livros didáticos, é importante ressaltar a influência e abrangência de tais materiais, que muitas vezes são utilizados sem maiores questionamentos. Isso se deve, segundo Silva (2005, p. 23), à "importância que lhe é atribuída e do caráter de verdade que lhe é conferido".

No entanto, é importante salientar que a verdade, para Foucault (2010), está intimamente ligada a mecanismos de poder, ou seja, ela seria definida por uma série de mecanismos e regras que teriam por função estabelecer, num dado momento, quais discursos são verdadeiros, atribuindo a estes efeitos de poder. Segundo Foucault (2011, p. 12), "a verdade é desse mundo", pois foi nele engendrada mediante constantes relações de poder e saber. O autor afirma ainda que a "economia política" da verdade em nossas sociedades possui cinco características importantes: a associação da verdade ao discurso científico de instituições autorizadas; a submissão da verdade à produção econômica e ao poder político; o fato de a verdade tornar-se objeto de grande difusão e consumo em aparelhos educacionais e de informação; sua produção está constantemente sob o controle de aparelhos políticos ou econômicos; e é objeto de debates políticos e contendas sociais. Essas considerações sobre as relações entre a produção de discursos e o estatuto de verdade desses discursos são essenciais para a compreensão do presente trabalho.

No que diz respeito à autoria dos livros didáticos, Bittencourt (2004) revela que elaborar livros didáticos, a partir do ano de 1827, era tarefa de uma "geração" de autores que se preocupava, sobretudo, com a estruturação dos cursos secundários e superiores, apresentando pequenas contribuições para o ensino de "primeiras letras". De modo geral, esses autores pertenciam à elite intelectual e política da nação, cujo objetivo era elaborar obras voltadas para a educação da futura elite brasileira, principalmente a sua formação moral. Esses autores eram vinculados a instituições reconhecidas e valorizadas socialmente, tais como o Instituto Histórico e Geográfico Brasileiro e o Colégio Pedro II, ambos instalados no Rio de Janeiro em 1838, o que demonstra que

> "tais autores possuíam, portanto, estreitas ligações com o poder institucional responsável pela política

educacional do Estado, não apenas porque eram obrigados a seguir os programas estabelecidos, mas porque estavam 'no lugar' onde este mesmo saber era produzido" (BITTENCOURT, 2004, p. 481).

Este vínculo com as instituições demonstra que os discursos e saberes produzidos pelos autores eram legitimados, adquirindo um estatuto de verdade mediante os sujeitos que compartilham sua perspectiva, o que poderia influenciar no comportamento desses sujeitos, uma vez que a prática do discurso está perpassada por relações de poder. Nesse caso específico, os discursos produzidos estariam sendo veiculados em instituições de ensino, podendo influenciar na visão dos alunos sobre os papéis sociais de cada grupo humano e, no caso do presente trabalho, da população negra.

Ainda de acordo com Bittencourt (2008, p. 30, citando ANDRADA, 1945, p. 104)[15] , elaborar um livro didático no início do século XIX era uma "tarefa patriótica, um gesto honroso, digno das altas personalidades da 'nação'", cuja função era contribuir com a prosperidade do país e que poderia ser realizada por ordem superior ou voluntariamente. No entanto, a partir de meados do mesmo século, devido à escassez de obras produzidas e/ou traduzidas, essa função foi

---

[15] ANDRADA, Martim Francisco. Memória sobre a reforma de estudos da capitania de São Paulo. In: RIBEIRO, J. Quirino. A memória de Martim Francisco sobre a reforma dos estudos da capitania de São Paulo. Separata do boletim LIII da FFCL/USP, São Paulo, n.5, p. 104, 1945.

estendida também a professores e pessoas anônimas dispostas a fazê-la. O incentivo era a premiação desses novos autores com honrarias e dinheiro.

Sendo assim, a partir de 1870, o perfil desses autores começou a se modificar, uma vez que eles pertenciam a diferentes camadas sociais, ao contrário dos autores do início do século XIX, que apresentavam um perfil mais homogêneo. Esses novos autores acumulavam experiências diversas e, em sua maioria, atuavam como professores de cursos primários e escolas normais, o que permitiu ampliar o público-alvo dos livros, que antes se limitava à elite nacional.

O autor do livro aqui analisado, Manuel Viriato Corrêia Baima do Lago Filho[16] (1884-1967), nasceu em Pirapemas, no estado do Maranhão. Foi jornalista, contista, romancista, teatrólogo e autor de crônicas históricas e livros infantojuvenis. Aos 16 anos, já escrevia contos e poesias para o jornal do Liceu, *O Estudante*. Fez seus cursos primário e secundário em São Luís do Maranhão e em 1900 ingressou na Faculdade de Direito de Recife. Em 1903, aos 19 anos, publicou seu primeiro livro de contos – *Minaretes* –, mudando-se para o Rio de Janeiro com o pretexto de terminar seu curso jurídico.

---

[16] Biografia de Viriato Corrêa. Disponível em: <http://www.academia.org.br/abl/cgi/cgilua.exe/sys/start.htm?infoid=103&sid=302>. Acesso em: 15 dez. 2012.

Trabalhou nos jornais *Gazeta de Notícias, Correio da Manhã, Jornal do Brasil e Folha do Dia* e colaborou em revistas como *O Malho, Careta, Cosmos,* entre outras. Também utilizou o rádio como meio de divulgação da História Nacional em 1939, quando escreveu e transmitiu uma novela radiofônica sobre Tiradentes. Foi professor de História do Teatro na Escola Dramática do Rio de Janeiro e fundou em 1917 a Sociedade Brasileira de Autores Teatrais, que funciona até hoje defendendo direitos autorais. Foi deputado estadual em 1911 e deputado federal em 1927, exercendo os dois cargos como representante do estado do Maranhão.

Corrêa escreveu "estorietas e crônicas" para atingir os homens comuns e, para alcançar as crianças, "recorreu à figura do afável ancião que reunia a garotada em sua chácara para a fixação de ensinamentos escolares[17]". Escreveu também cerca de 30 peças de teatro, entre dramas e comédias.

Seu primeiro livro de crônicas históricas foi publicado em 1921, prefaciado por seu interlocutor Rocha Pombo e se chamava *Histórias da nossa História.* Seu primeiro livro infantojuvenil com finalidades pedagógicas se chamava *Contos da História do Brasil,*

---

[17] Conforme consta em sua biografia na Academia Brasileira de Letras. Disponível em: <http://www.academia.org.br/abl/cgi/cgilua.exe/sys/start.htm?infoid=103&sid=302>. Acesso em: 11 de janeiro de 2012.

também de 1921. O livro *História do Brasil para crianças*, de 1934, é o segundo com temática histórica destinado a crianças e foi publicado no contexto da Coleção Literatura Infantil.

Dentre os seus livros publicados, podem-se destacar ainda *Minaretes* (1903)*; Contos do sertão* (1912); *Contos da História do Brasil* (1921); *Brasil dos meus avós* (1927); *Varinha de condão* (1928); *A descoberta do Brasil* (1930); *História de Caramuru* (1939); *Sol dosertão* (1918)*; Nossa gente* (1924); *As belas histórias da História do Brasil* (1948), entre outros.

Foi eleito em 1938 para suceder Ramiz Galvão e ser o terceiro ocupante da Cadeira 32 na Academia Brasileira de Letras (FERNANDES, 2009). Conforme pode ser visto, ele se destacou pela grande produção literária e por possuir vínculo com a Academia Brasileira de Letras, uma instituição fundada no Rio de Janeiro em 1897, cuja finalidade era "o cultivo da língua e da literatura nacionais"[18] inspirada na Academia Francesa de Letras. Isso posto, pode-se considerar que esses elementos conferiam não só credibilidade aos trabalhos desenvolvidos pelo autor, como também aval, fazendo com que suas obras tivessem grande aceitação por parte do público.

---

[18] Disponível em: <http://www.academia.org.br/abl/cgi/cgilua.exe/sys/start.htm?sid=536>. Acesso em: 11 jan. 2013.

Embora os discursos proferidos pelo autor supracitado fossem considerados legítimos, isto é, ele pertencia a uma categoria à qual era permitida a produção de discursos considerados verdadeiros, houve nesse período a criação de uma comissão encarregada de avaliar e julgar os livros didáticos, a fim de aprovar ou reprovar seu uso nas instituições de ensino.

Com o propósito de situar o contexto político em que tal comissão foi instituída, convém ressaltar que ela foi instaurada na era Vargas (1930-1945), que, segundo D'Araújo (1997), foi um período de modernização voltado para os aspectos socioeconômicos e políticos que possibilitou a mudança do país até então "agrário-exportador" para uma "sociedade urbano-industrial". O governo estabelecido, conhecido como *Estado intervencionista,* caracterizava-se por decidir e apontar quais caminhos a sociedade deveria seguir sem consultar os seus anseios, ou seja, o poder do Estado situava-se acima da vontade do povo, que era considerado imaturo para decidir quais caminhos tomar (D'ARAÚJO, 1997). Em 1930, Vargas criou o Ministério da Educação e Saúde Pública e o Ministério do Trabalho, Indústria e Comércio. O primeiro deveria se voltar para questões sociais essenciais, ou seja, a educação e a saúde da população, e o segundo buscava uma nova maneira de empresários e trabalhadores se reconciliarem.

O temor de que seus poderes de decisão e intervenção fossem limitados pela Constituição Federal fez com que Vargas declarasse morta a Constituição de 1891, quando assumiu a presidência em 1930, e rasgasse a Constituição de 1934, para decretar o Estado Novo em 1937. Entre outras atitudes, Vargas fechou os partidos políticos, inclusive a Frente Negra Brasileira[19], e censurou a imprensa, de modo a delinear políticas que atendessem aos seus objetivos. A partir de então,

> A censura à imprensa escrita e falada foi levada a cabo por uma instituição chamada Departamento de Imprensa e Propaganda, o DIP, que se encarregou também de divulgar uma imagem popular e mística de Getúlio. Centenas de obras apologéticas sobre Vargas e sua vida eram distribuídas nas escolas para doutrinar as crianças e os jovens (D'ARAÚJO, 1997, p. 29).

Foi nesse contexto de censura e controle político que foi promulgado o Decreto-Lei nº 1.006/1938, que buscava definir as condições para produção, importação e utilização dos livros didáticos e instituía a Comissão Nacional do Livro Didático, responsável, entre outras funções, por examinar e julgar os livros publicados a fim de autorizar ou embargar seu uso nas instituições de ensino.

---

[19] A Frente Negra Brasileira foi criada em 1931 na cidade de São Paulo e chegou a tornar-se um partido político em 1936. Teve núcleos em outros estados brasileiros, tais como Bahia, Rio de Janeiro e Pernambuco, com uma perspectiva eminentemente educacional, tendo sido encerrada em 1937, em decorrência do golpe do Estado Novo. Segundo Munanga e Gomes (2006, p. 118), seus integrantes valorizavam a educação formal, uma vez que acreditavam que "o negro venceria à medida que conseguisse firmar-se nos diversos níveis da ciência, das artes e da literatura".

Convém ressaltar que a avaliação de livros didáticos não constituiu uma prática exclusiva do período Vargas. Segundo Ribeiro Jr. (2007), o Estado sempre se preocupou com os livros didáticos adotados no Brasil, principalmente no século XIX, quando se começava a estruturar um sistema de ensino público. O controle e a avaliação dos livros estavam sob a responsabilidade da Igreja Católica e do Estado, a fim de evitar a disseminação de "valores contrários à doutrina católica e à política imperial no Brasil" e "tentar construir uma maneira semelhante de se pensar a nação, nesse caso, justificando a fé católica e a monarquia" (RIBEIRO JR., 2007, p. 53).

A Comissão Nacional do Livro Didático implementada na primeira metade do século XX era constituída por 7 (sete) membros, designados pelo Presidente da República, que segundo o Decreto-Lei nº 1.006/1938 (art. 9º,§ 1º), eram selecionados pelo seu "notório preparo pedagógico e reconhecido valor moral", tendo por função

> a) examinar os livros didáticos que lhe forem apresentados, e proferir julgamento favorável ou contrário à autorização de seu uso;
>
> b) estimular a produção e orientar a importação de livros didáticos;
>
> c) indicar os livros didáticos estrangeiros de notável valor, que mereçam ser traduzidos e editados pelos poderes públicos, bem como sugerir-lhes a abertura de concurso para a produção de determinadas espécies

> de livros didáticos de sensível necessidade e ainda não existentes no país;
> d) promover, periodicamente, a organização de exposições nacionais dos livros didáticos cujo uso tenha sido autorizado [...] (Decreto-Lei nº 1.006/1938, art. 10)

Ademais, no processo de avaliação dos livros, os membros da Comissão Nacional do Livro Didático deveriam impedir a publicação da obra que apresentasse as seguintes características:

> a) que atente, de qualquer forma, contra a unidade, a independência ou a honra nacional.
>
> b) que contenha, de modo explícito ou implícito, pregação ideológica ou indicação da violência contra o regime político adotado pela Nação;
>
> c) que envolva qualquer ofensa ao Chefe da Nação, ou às autoridades constituídas, ao Exército, à Marinha, ou às demais instituições nacionais;
>
> d) que despreze ou escureça as tradições nacionais, ou tente deslustrar as figuras dos que se bateram ou se sacrificaram pela pátria;
>
> **e) que encerre qualquer afirmação ou sugestão, que induza o pessimismo quanto ao poder e ao destino da raça brasileira;**
>
> **f) que inspire o sentimento da superioridade ou inferioridade do homem de uma região do país com relação ao das demais regiões;**
>
> **g) que incite ódio contra as raças e as nações estrangeiras;**
>
> h) que desperte ou alimente a oposição e a luta entre as classes sociais;
>
> i) que procure negar ou destruir o sentimento religioso ou envolva combate a qualquer confissão religiosa;

> j) que atente contra a família, ou pregue ou insinue contra a indissolubilidade dos vínculos conjugais;
> k) que inspire o desamor à virtude, induza o sentimento da inutilidade ou desnecessidade do esforço individual, ou combata as legítimas prerrogativas da personalidade humana. (Decreto-Lei nº 1.006/1938, art. 20, grifos meus)

Embora os grifos acima indiquem aspectos relacionados à disseminação, mesmo que implícita, da crença na existência de diferentes raças, ao mesmo tempo, o Decreto-Lei procurava evitar que os distintos grupos humanos da época fossem hierarquizados, numa tentativa de formação da identidade brasileira. Isso porque havia a necessidade de se instituir um sentimento de nacionalidade por meio dos discursos veiculados nos livros didáticos. Para isso, os livros deveriam difundir principalmente aqueles discursos que induzissem à unidade nacional, à exaltação das tradições brasileiras com suas figuras ilustres e à igualdade entre os homens.

Caso ocorresse que algum livro didático de uso não autorizado circulasse no país, a Comissão Nacional do Livro Didático denunciaria ao Ministro da Educação, que deveria apreendê-lo, uma vez que, segundo o Decreto, tal livro caracterizar-se-ia como "pernicioso à formação espiritual da infância e da juventude" (Decreto-Lei nº 1.006/1938, art. 35). Seriam apreendidos, também, aqueles livros que possuíssem declaração de autorização, sem tê-la recebido do Ministério da Educação.

Para aqueles que violassem quaisquer das disposições estabelecidas pelo Decreto – fossem professores, diretores, autores ou editores –, haveria penalidades, que variavam de pagamento de multa até suspensões e/ou exonerações em caso de funcionários públicos. Ao se analisar a dinâmica da referida Comissão, pode-se refletir sobre a preocupação dos políticos da época em controlar os discursos aos quais professores e alunos teriam acesso. Essa seleção de livros didáticos retrata que, conforme alerta Foucault (2010, p. 8-9),

> em toda a sociedade a produção do discurso é ao mesmo tempo controlada, selecionada, organizada e redistribuída por certo número de procedimentos que têm por função conjurar seus poderes e perigos, dominar seu acontecimento aleatório, esquivar sua pesada e temível materialidade.

Novamente, convém ressaltar que a Comissão deveria autorizar apenas aqueles livros que atendessem às expectativas do governo da época, tomando sempre o cuidado de zelar por um discurso harmonioso, que levasse ao leitor a imagem de uma nação com tradições, com grandes figuras e que respeitasse os diferentes grupos humanos.

Considerando as causas que impediam a publicação dos livros didáticos, foi possível perceber que, conforme ressalta Bomeny (1984, *apud* FREITAG *et al.*, 1987), a função atribuída à referida Comissão priorizava mais o controle político-ideológico dos livros didáticos que sua função enquanto material pedagógico.

Sendo assim, tendo em vista o que foi exposto, segue a apresentação e análise dos discursos produzidos no livro didático *História do Brasil para crianças*, que, tendo sido aprovado pela Comissão Nacional do Livro Didático, permite inferir que contemplava as exigências expostas acima.

Os discursos sobre os negros e as relações étnico-raciais na perspectiva de um vovô que contava a *História do Brasil para crianças*

Fig.1: *História do Brasil para crianças* (capa)

Fonte: Corrêa (1946).

O livro didático *História do Brasil para crianças* foi escrito por Viriato Corrêa no ano de 1934 e, neste trabalho, foi analisada a sua 13ª edição, datada de 1946. Segundo Fernandes (2009), esse livro é o segundo trabalho de Corrêa com temática histórica destinado a crianças, publicado no contexto da Coleção Literatura Infantil. Foi indicado até finais de 1960 como bibliografia nos manuais de Didática destinados à formação de professores primários, tendo permanecido no mercado editorial ao longo de 50 anos (1934-1984), contando 28 edições e 154.090 exemplares publicados.

Corrêa (1946) fez uma observação em seu livro chamando a atenção para a necessidade de se abordar a História do Brasil de uma maneira menos enfadonha. Ele afirmou que

> Às crianças só interessa o que é vistoso. Os livros que mais lhes sabem são os livros de figuras; as figuras – as coloridas; os brinquedos – os que deslumbram os olhos; os objetos – os que lhes enchem a vista. Na história, mesmo na da Carochinha, o que lhe fere a imaginação é o lado aparatoso. O aspecto filosófico produz-lhe enfado e sono. Nesse livro procura-se dar às crianças apenas a superfície vistosa da história brasileira. Nada de filosofia. Nada de profundos aspectos históricos que lhes possam causar bocejos (CORRÊA, 1946, s/p).

Nesse sentido, Corrêa elaborou um livro didático utilizando uma linguagem acessível, e, numa perspectiva até coloquial, toda a história foi narrada por um personagem criado pelo autor: um vovô, nomeado como contador de histórias. É um vovô quem ensina as histórias para os leitores do livro, daí o título deste trabalho e deste tópico em especial.

Esse vovô estava sempre disposto a receber as crianças da vizinhança em sua casa para contar as mais diferentes histórias, até que um dia propôs que elas ouvissem "uma história bonita e muito comprida [...] não era história de bichos nem de princesas e príncipes encantados. [...] É a história do Brasil" (CORRÊA, 1946, p. 13). As crianças se empolgaram diante da proposta e, ao longo de muitos dias, frequentaram a casa desse personagem para ouvirem – e aprenderem – a tal história, num enredo que fez do livro de Corrêa uma espécie de diálogo constante entre esses personagens.

Ao realizar a leitura do livro didático *História do Brasil para crianças* (1946), o objetivo foi identificar discursos referentes aos negros e à história e à cultura afro-brasileiras, relacionando-os à percepção do autor sobre a diversidade étnico-racial brasileira. Isso porque, no momento pesquisado, segundo Munanga (2004) e Schwarcz (1993), a noção de raça perdeu força no Brasil, ao mesmo tempo que emergia a necessidade de se estabelecer uma identidade nacional forjada nas características culturais brasileiras.

Sendo assim, foi considerada uma possível influência das teorias raciais já mencionadas, que, junto com uma literatura que, deliberadamente ou não, reproduzia sua ideias principais, implementou um conjunto de características referentes aos negros que, ao longo do tempo, repetiu-se como "verdade".

A observação do sumário num primeiro momento, acompanhada da leitura do livro, com vistas a mapear os enunciados e discursos relacionados aos negros, possibilitou estabelecer quatro unidades de análises do discurso, assim elencadas: 1) Quem eram os negros; 2) Onde viviam os escravos refugiados; 3) A abolição da escravatura; e 4) Os negros na formação do povo e da cultura brasileira. Ressalte-se que as três primeiras unidades resultam da organização do autor no sumário de seu livro e a última foi criada em decorrência dos discursos mapeados ao longo do livro consultado.

1. Quais eram os discursos sobre os negros na primeira metade do século XX?

Inicialmente, para identificar a forma como os intelectuais poderiam se referir aos negros no período abordado para este trabalho, recorreu-se a um dicionário da época, a fim de melhor situar o significado desse enunciado e posteriormente estabelecer algumas relações com as análises aqui desenvolvidas a partir dos discursos no livro didático. Na terceira edição do *Diccionário Prático Illustrado* (1931, p. 780, grifos do autor), a definição que se encontrava para negro era a seguinte:

> **Negro**, adj. (lat. niger). Que pertence á raça ou ramo negro, preto. **Raça negra**, v. HOMEM. Preto, escuro: as vestes negras dos sacerdotes. Sombrio: floresta negra. Lutuoso, fúnebre. Tétrico, horrivel: história negra. Infausto: negro fado. Maldito, réprobo. Odioso, execravel : negra traição. Sujo, não tratado: tem sempre as unhas e os dentes negros. Descrever com negras côres o caracter de alguem, representá-lo ruím, desprezivel. Ver tudo negro, ser pessimista. S. m. Pessoa de raça negra; preto: os negros de África. Escravo negro. Poét. Escuridão, trevas: o negro da noite. Trabalhar como um negro ou ser um negro de trabalho, moirejar, trabalhar excessivamente. Negro de fumo, espécie de fuligem, produzida por resinas queimadas,

> e que serve para diversos usos nas artes. – O elemento negro povoa quasi toda a Africa, certas partes da Asia do Sul e da America, a Australia e a Melanesia. A população negra attinge pouco mais ou menos o número de 145 milhões de indivíduos, geralmente caracterizados pela côr da pelle mais ou menos escura e pelos cabellos e barba pretos e crespos. Nos negros o crâneo é dolichocéphalo, o rosto alongado, o nariz chato, os lábios grossos, etc.

É importante destacar que negro era também sinônimo de escravo, depois de 43 anos da abolição da escravatura, o que denota que a cor foi realmente um dos critérios decisivos para a escravização dos africanos. Para complementar, o trabalho também foi mencionado, sem necessariamente relacioná-lo com a escravidão, o que pode indicar que, apesar da abolição, ainda vigorava uma associação entre negros e trabalhos braçais.

No que diz respeito à definição dos negros no livro didático aqui analisado, o autor utilizou enunciados que se relacionavam com a origem deles, à sua condição de escravos e à sua percepção em relação a essa situação. Esses enunciados de modo geral eram variados, dependendo das circunstâncias a que se referiam, mas mantiveram como característica comum o fato de se remeterem aos negros como categoria à parte, como um grupo diferenciado, mas diferenciado negativamente.

Sob o título de "Os negros", Corrêa (1946) elaborou um capítulo no qual definiu os africanos como "pobres desgraçados" arrancados de seu país para servirem de escravos não só no Brasil como em outros países do mundo. Importante destacar que a expressão "pobre desgraçado" veio acompanhada do relato de captura dos africanos para o sistema escravista: "Os negreiros cercavam as aldeias como aqui se fazia com os índios, agarravam dezenas e centenas dos pobres desgraçados e os carregavam para o Brasil ou para qualquer outro país" (p. 109). Assim, pode-se entender que o termo com o qual Corrêa definiu os negros não estava vinculado estreitamente a sua personalidade ou características físicas, mas à condição em que se encontravam naquele momento em que deixavam de ser homens livres para adentrarem em um sistema em que se tornavam mercadorias e/ou exclusivamente mão de obra. Assim, considerando a situação um infortúnio, os africanos, por consequência, seriam desgraçados.

A África, segundo o autor, "mais do que qualquer outra parte da terra, teve a triste sina de fornecer escravos ao mundo" e afirmou ainda que o índio brasileiro era "rebelde, difícil de ser amansado", ao contrário do negro africano, que era "obediente" e "pacífico" (CORRÊA, 1946, p. 109). Essas frases inter-relacionadas constituem uma formação discursiva que sugere a existência nos continentes africano e americano de certas circunstâncias que inevitavelmente levariam à escravização do africano em substituição à escravização indígena. A triste sina do continente africano é abordada como algo irreversível, que teria como destino determinado a submissão dos africanos que eram por natureza dóceis e obedientes. Neste momento, convém destacar que a caracterização dos negros (escravos) convergiu, entre outros elementos, para o enunciado obediência, o que pode demonstrar que nesse discurso há o indício de uma possível permanência das ideias disseminadas no século XVII pelo naturalista Lineu, que apontou como característica do grupo negro africano a tendência a ser governado por outros.

Em seguida, o autor ressalta ainda que "Logo que aquí chegavam, os negros eram vendidos para as cidades ou para as fazendas. Naquele tempo compravam-se criaturas humanas como se compram vacas, bois, cavalos" (CORRÊA, 1946, p. 111). Ao fazer referência tanto à captura de negros como escravos, quanto a sua posterior venda no Brasil, o autor os colocou numa situação muito próxima da animalidade. Ou seja, foi possível perceber que o tráfico de escravos foi abordado por meio de uma comparação deliberada entre homens e animais.

Houve ainda o relato da separação familiar que frequentemente ocorria: "Não se indagava se os escravos eram seres humanos como nós, se, como nós tinham coração. Separavam-se esposas de maridos, irmãos de irmãs, mães de filhos, isso sem a menor piedade da dor que as vítimas sofriam" (CORRÊA, 1946, p. 111). Mattoso (1990) afirma que práticas como essa se concretizavam muitas vezes ainda no continente africano, selecionando os sujeitos a partir do trabalho que se pretendia que estes realizassem, tomando-se o cuidado de agrupar aqueles que pertenciam às mais diferentes etnias de modo a evitar a comunicação entre eles e a possível organização de levantes.

Finalmente, um aspecto que chamou a atenção foi a distinção de enunciados e imagens ocorrida em função do trabalho desempenhado pelo escravo e do seu modo de se vestir. No capítulo XLI, intitulado "Os costumes dos nossos avós", ao ser questionado sobre qual era o meio de transporte dos antepassados, o vovô, personagem principal da trama, disse que os pobres andavam a pé, mas "uma rica senhora, que se prezava, só saía à rua de cadeirinha ou de liteira. Cadeirinha era uma cadeira coberta de pano, na qual uma pessoa se sentava para ser conduzida por dois homens. Liteira era mais ou menos a mesma cadeirinha, mas levada por animais" (CORRÊA, 1946, p. 161).

A imagem que ilustrou tal passagem apresenta dois homens negros, de chapéu, calça e casaco, carregando uma senhora na cadeira que foi descrita. É interessante destacar que os negros não foram chamados de escravos nessa situação específica e, no momento em que foram representados via ilustração, vestiam trajes completos, ao contrário do que se verificou nas outras ilustrações do livro.

Fig. 2 - Costumes dos nossos avós

Fonte: Corrêa (1946, p. 160).

Essa passagem deixa entender que, à medida que os negros utilizavam determinadas roupas e de certa forma se "aproximavam" daquele modo de se vestir comum entre os homens livres da época, não necessariamente se integravam à sociedade, mas se distinguiam, ao menos na maneira de se referir do autor, dos outros escravos.

Neste trabalho, também houve a preocupação e o cuidado de mapear os enunciados utilizados para descrever os negros e os elementos a eles relacionados. Posteriormente, foi elaborado um quadro com a finalidade de abordar estes enunciados. Embora Corrêa não aponte aspectos voltados para uma possível selvageria e procure abordar o lado pacífico, obediente e trabalhador dos negros, predominam constantemente os enunciados relacionados à condição de escravos dos negros, que é vista pelo autor como algo que os torna pobres, vítimas e infelizes.

QUADRO 1 - Enunciados referentes aos negros em *História do Brasil para crianças*

Definição para os negros	Características apresentadas
Escravo africano	Grandes patriotas *
Negro da África	Pacíficos/perigosos
Negro	Mais adiantado que o indígena
Escravos negros	Homens de grande inteligência**
Pobres desgraçados	Obediente, pacífico
Infelizes	
Pobre gente	
Criaturas humanas	
Negros de Palmares	
Negros palmarenses	
Vítimas	
Escravos	
Nossos irmãos negros	

Grandes patriotas*[20] Homens de inligência indígena** [21]

A partir do QUADRO 1, elaborado por meio da identificação e do mapeamento dos enunciados

[20] Essa característica está associada a Henrique Dias lutando contra os holandeses que invadiram a Bahia por volta de 1629.

[21] Referência a José do Patrocínio e Luiz Gama no processo abolicionista.

utilizados pelo autor para definir ou caracterizar os negros, pode-se notar que a diversidade de tratamento soa por vezes contraditória, ao atribuir, simultaneamente, características negativas e positivas àqueles sujeitos. Os negros são apresentados como infelizes, pobre gente, pobres desgraçados e perigosos, mas ao mesmo tempo como obedientes, pacíficos e nossos irmãos. Essa abordagem imprecisa poderia fazer com que os leitores do livro tivessem uma visão ambígua em relação aos negros, que poderiam refletir nas relações sociais estabelecidas entre brancos, negros e mestiços.

É interessante observar também que, em momentos muito específicos, foram utilizados enunciados que enalteciam a figura dos negros, tais como "grandes patriotas", e "homens de grande inteligência". No entanto, essas qualidades estavam restritas a alguns negros específicos da história brasileira, tais como Henrique Dias, um escravo que conseguiu a alforria e se tornou uma espécie de herói negro lutando contra os holandeses e até contra quilombos, e a Luiz Gama e José do Patrocínio, que foram alguns dos responsáveis pelo movimento que mobilizou a sociedade brasileira a favor da abolição da escravatura.

2. Onde viviam os escravos refugiados

No capítulo intitulado "Palmares", Corrêa (1946) procurou descrever a história e a dinâmica da organização do quilombo de Palmares. Para ele, "Palmares, o quilombo dos negros que fugiam da escravidão, foi uma verdadeira nação dentro do Brasil. Durou mais de 50 anos. Durante mais de 50 anos os fazendeiros e o próprio govêrno lutaram para destrui-lo" (CORRÊA, 1946, p. 112).

O autor destacou que o quilombo de Palmares era o resultado da união de vários outros, considerados espécies de cidades, o que o caracterizava como um "verdadeiro país". Sua localização estava situada a 30 léguas[22] da costa de Pernambuco, percorrendo o interior da mata, numa região em que a vegetação era abundante, assim como os rios e a caça.

Sua população, segundo Corrêa, chegou a somar aproximadamente trinta mil pessoas e era governada por um rei. Cada cidade tinha seu rei, mas havia ainda "o rei dos reis" – Gangazuma – que vivia na capital dos quilombos, chamada Macacos, cercado pela Corte que era constituída por parentes e ministros.

Assim como Munanga e Gomes (2006) afirmariam muitos anos depois, Corrêa (1946, p. 112) também

---

[22] É importante ressaltar que a légua é uma medida antiga de valor variável. Por exemplo: a légua linear apresenta medidas de 5.280m e 6.000m, de acordo com o estado. Para este trabalho, utilizou-se como referência o valor de 6.000 metros para uma légua linear, tendo em vista que é a medida mais frequente e utilizada na maior parte do país. Assim, a distância em questão corresponde, atualmente, a aproximadamente 180.000m ou 180km. Disponível em: <http://doc.brazilia.jor.br/HistDocs/Medidas-antigas-nao-decimais.shtml>;<http://sistemas.mda.gov.br/arquivos/TABELA_MEDIDA_AGRARIA_NAO_DECIMAL.pdf>. Acesso em: 24 jan. 2013.

ressaltou que "em Palmares havia disciplina, leis, ordem. Havia fortificações, havia exército" e que o sustento dos habitantes era obtido via cultivo da terra. As roupas e outros elementos úteis à sobrevivência eram comprados nas cidades próximas.

O autor observou ainda que o objetivo dos negros ao se reunirem na mata era fugir da escravidão e não atacar ou ameaçar outras pessoas, visto que eram pacíficos. No entanto, eram perseguidos pelos brancos, que investiram muito dinheiro visando à destruição de Palmares, o que fez com que os negros se tornassem perigosos.

O autor destacou uma expedição comandada por Gomes Carrilho, que ele considerou muito importante, haja vista que os negros tiveram muitos generais e parentes de Gangazuma presos, bem como perdas nas suas cidades. No entanto, ao contrário do que pensou Carrilho – haver destruído o quilombo e, por esse feito, terem lhe promovido festejos em Pernambuco –, Palmares resistiu e elegeu um novo rei. Este rei, segundo o autor, que era "mais valente que Gangazuma, surgia para levantar a coragem dos negros palmarenses. Êsse novo rei era Zambí[23]. Zambí fortificou-se e desafiou as fôrças do govêrno" (CORRÊA, 1946, p. 113).

O surgimento de um novo governante em Palmares mostrou a capacidade de organização e resistência do

[23] Conforme grafia encontrada no livro.

quilombo e, consequentemente, fez com que o governo mandasse outra expedição com a finalidade de destruí-lo. Desta feita, foi o paulista Domingos Jorge Velho quem deveria fazê-lo.

Corrêa (1946, p. 113) relatou que "à frente de um exército de 7.000 homens, Domingos Jorge partiu para a região dos quilombos, e, durante 3 anos, bateu-se noite e dia contra os negros, sem poder vencê-los" e, graças à estrutura fortificada da capital de Palmares, esses ataques se mostraram inúteis inicialmente. Uma alternativa encontrada por Domingos Jorge Velho foi "comprar alguns dos generais de Zambí", o que possibilitou que, um dia, as fortificações de Palmares sucumbissem sem explicação aparente e as tropas do paulista adentrassem e dominassem o quilombo (CORRÊA, 1946, p. 113).

Ainda assim, de acordo com o autor, Zambí lutou enquanto foi possível e, ao ver que a situação se tornou insustentável, atirou-se de um rochedo para que não fosse morto pelas mãos inimigas. Com o rei morto, Palmares deixou de existir.

Assim, foi possível perceber que Corrêa tentou mostrar como se dava a organização do quilombo, qual sua função e por que ele existiu. O autor também enfatizou a figura de Zumbi, que segundo a historiografia atual tornou-se o símbolo da luta negra contra a opressão.

3. A abolição da escravatura

Corrêa (1946), no capítulo denominado "13 de maio", associou a necessidade da abolição ao progresso brasileiro. Para ele, em um país em evolução e que há muito tempo sonhava em ser livre, seria incoerente o sistema escravocrata. Ele disse que "o Brasil ia-se adiantando cada vez mais. [...] Já éramos um país independente, governado por nós mesmos. Já tínhamos um govêrno constitucional" (CORRÊA, 1946, p. 216). Essa situação favorável, de acordo com ele, era consequência das lutas de mártires brasileiros, tais como Tiradentes e Frei Caneca, que lutaram pela independência do país.

O autor apontou setores em que, para ele, os avanços eram mais evidentes, como as frotas a vela e a vapor, as locomotivas, as fábricas, a produção agrícola e a construção de escolas, que fez com que, desde a independência, o progresso fosse maior que durante os séculos em que o Brasil estava sob domínio português.

Por essa razão, o autor afirmou que o Brasil merecia o respeito dos outros países. No entanto, para um país que se dizia "civilizado" e "amante da liberdade", ainda pesava a "grande mancha" da escravidão negra. O autor prosseguiu afirmando que "era preciso acabar com isso. A escravidão é uma vergonha. A natureza fez os homens iguais. Ninguém tem o direito de subjugar o seu semelhante, nem tem o direito de explorar o trabalho alheio" (CORRÊA, 1946, p. 216).

Corrêa (1946) defendia a igualdade natural entre os homens e se utilizou desse argumento para se posicionar contra a escravidão em seu livro. Para o autor, a exploração era vista como algo inaceitável, que deveria ser imediatamente suprimida do país.

Nesse sentido, o autor ressaltou que "compreendeu-se afinal em todo o país que se devia acabar com a escravidão. E em todo o país se formaram associações e clubes para trabalhar a favor dos escravos." Essas associações, cuja finalidade era disseminar ideias contrárias ao sistema escravocrata vigente, eram lideradas por "homens de grande inteligência como Rui Barbosa, José do Patrocínio, Joaquim Nabuco, Luiz Gama, André Rebouças, José Mariano e outros" (CORRÊA, 1946, p. 216-217).

É importante salientar que nesse grupo de homens de grande inteligência foram incluídos José do Patrocínio e Luiz Gama, cuja atuação, juntamente com os demais citados, dava-se principalmente por meio de seus discursos, fossem eles falados ou escritos, numa apelação constante que visava mostrar ao governo a necessidade da abolição. Assim, Corrêa (1946) pontuou a necessidade de uma Lei que libertasse em definitivo os escravos, como uma atitude de algumas pessoas, os abolicionistas, que paulatinamente acabaram por entusiasmar ou influenciar algumas regiões brasileiras, processo que culminou com a abolição em todo o país. Prova disso foi uma pequena narrativa que o autor inseriu em seu livro:

> Era em jangada que, no Ceará, se transportavam os escravos de terra para os navios e dos navios para a terra. Um dia, em Fortaleza, à beira da praia, o jangadeiro Francisco do Nascimento gritou que a sua jangada não transportaria mais um só homem escravo. O grito do jangadeiro cearense ecoou por todo o Brasil. Os abolicionistas (assim eram chamados os que trabalhavam pela abolição), os abolicionistas fizeram grandes festas. O Ceará acabou com a escravatura na sua terra. O mesmo fez o Amazonas. Só algumas zonas do Rio-Grande-do-Sul seguiram o exemplo do Amazonas e do Ceará. O resto do Brasil não (CORRÊA, 1946, p. 217).

Conforme pode ser visto, o jangadeiro descrito já havia sido influenciado pelo discurso abolicionista e, tornando-se simpatizante da causa, conseguiu também arrebatar outros seguidores. Importante observar ainda a contradição existente no que diz respeito à amplitude das ideias abolicionistas. Se, por um lado, a voz do jangadeiro ecoou por todo o país, por outro, apenas dois estados são citados para exemplificar a implementação de atitudes favoráveis à libertação dos escravos.

Ainda segundo o autor, no ano de 1888, Dom Pedro II embarcou adoentado para a Europa, deixando no trono a princesa Isabel, que compreendeu "que o Brasil não podia mais continuar com a mancha da escravidão. E então se fez a lei que acabou com os escravos" (CORRÊA, 1946, p. 217). O autor ressaltou ainda a rapidez com que a lei foi votada e as comemorações realizadas, uma vez que, segundo ele, as festas começaram no dia em que a que a lei seria votada e terminaram dez dias após a sua promulgação[24].

Para Corrêa (1946, p. 217),

> O dia 13 de maio, data em que a princesa assinou a grande lei da abolição, foi o mais bonito dia de festa que já houve no Rio de Janeiro. Nunca se tinha visto tanta alegria, tanta música e tantas flores. A cidade inteira veio para a rua festejar a liberdade dos nossos irmãos negros. A cidade inteira iluminou-se e embandeirou-se. Passeatas de manhã à noite, bandos e bandos de gente cantando hinos pelas ruas. Os negros choravam de alegria diante da alegria do povo.

O autor, talvez lançando mão de uma estratégia de encantamento do leitor, descreveu com detalhes as atividades que ocorreram naquele dia, como se estivesse presente nos acontecimentos; numa tentativa de fazer do dia da abolição um momento em que todas as pessoas estavam radiantes de alegria, principalmente aquelas que não eram escravas. Para tanto, ele disse que a emoção dos negros (ou o choro) era decorrente da alegria do povo que veio às ruas festejar aquele momento.

Outra observação em destaque foi a utilização do enunciado "irmãos" para se referir aos negros nesse capítulo, ao contrário do que ele vinha fazendo anteriormente. Tal posicionamento dá a entender que a condição de livres de certa forma favoreceu a integração

---

[24] Segundo o autor, a princesa Isabel saiu de Petrópolis e foi até o lugar que, à época da escrita do livro, se denominava Repartição dos Telégrafos, para realizar a cerimônia.

dos escravos, ao menos na perspectiva desse autor. Ao que parece, antes da abolição, os escravos eram uma categoria completamente apartada dos outros homens que conviviam na sociedade brasileira, mas, a partir do momento em que se tornaram livres, ascenderam à condição de homens e consequentemente irmãos, fazendo com que a população da cidade inteira comemorasse.

Embora Corrêa tenha relatado com riqueza de detalhes o que provavelmente ocorreu naquele 13 de maio, ele afirmou, por meio do personagem do vovô: "Não posso descrever o que foi a solenidade. Há coisas que ninguém descreve. A praça e as ruas vizinhas do palácio estavam assim de gente. Na sala ninguém podia mover-se. Ao terminar a assinatura, Isabel chegou à janela do palácio" (CORRÊA, 1946, p. 219).

Nota-se que, ao mesmo tempo que afirmava a impossibilidade de narrar aquele acontecimento, ele insistiu em esboçar um panorama de algo que julgava saber. Nesse momento, é importante refletir sobre o desejo que o discurso desperta nos diferentes sujeitos, fazendo com que estes procurem elaborar um conjunto de conhecimentos que lhes propicie algum poder. Nesse caso, convém retomar o prestígio usufruído pelos intelectuais brasileiros que produziam discursos sobre a História do Brasil cuja finalidade fosse a elaboração de livros didáticos a serem adotados nas instituições escolares.

O autor finalizou a sua narrativa afirmando: "Ao me lembrar disso sinto ainda os cabelos arrepiados. A praça inteira, a uma só voz, aclamou o nome da princesa que acabava de tornar os brasileiros todos iguais" (CORRÊA, 1946, p. 219). Isso permite observar que houve uma imersão do autor no texto, uma vez que ele deixou transparecer um sentimento como se tivesse presenciado a cena em questão e a estivesse relembrando no momento em que escreveu o livro.

E, finalmente, parece que o discurso abolicionista foi deslocado para a figura da princesa Isabel, deixando aos ex-escravos e aos abolicionistas anteriormente citados um papel secundário, pois, ao assinar a Lei, a princesa instituiu aos negros uma igualdade em relação aos outros brasileiros. Igualdade aqui entendida no sentido de liberdade.

Foi curioso perceber que, após o capítulo que abordou a abolição no livro didático, não foi localizado nenhum discurso sobre os negros[25], principalmente no sentido de comentar sobre a situação destes no período pós-abolição. Como se a liberdade assegurada pela Lei Áurea fosse um acontecimento que, ao mesmo tempo que encerrasse a escravidão, diluísse a presença dos negros no Brasil. Assim, pode-se entender que, na visão desse autor, os negros fizeram parte da História do Brasil num período, simplesmente demarcado por ele, que vai de sua chegada como mão de obra escrava até o momento em que se tornaram livres.

---

[25] Ainda que Corrêa (1946) tenha abordado as contribuições dos negros na cultura e na culinária brasileiras, como será visto no próximo tópico, ele se refere aos escravos.

4. A contribuição dos negros na formação da cultura brasileira

Este tópico foi elaborado a partir da localização de elementos dos textos que permitiram identificar o posicionamento do autor em relação às contribuições dos negros para a formação da cultura brasileira.

Por dois momentos Corrêa mencionou a contribuição dos negros no desenvolvimento dos costumes brasileiros. Primeiramente, no capítulo XLI "Os costumes dos nossos avós", o autor destacou:

> O Brasil civilizado tem 300 anos de idade. Não é mais a terra dos tupis e dos tapuias. Agora é uma mistura dos indígenas que aqui existiam, dos brancos que vieram da Europa e dos negros que vieram da África. [...] Agora se vive como vivem os civilizados, mas os costumes têm um pouquinho dos costumes de cada uma daquelas três raças que nos formaram (CORRÊA, 1946, p. 158).

No trecho acima, o autor, que previamente em seu livro já havia narrado o modo de vida dos indígenas à época da chegada dos navegantes portugueses, destacou o que ele acreditava ser um estilo civilizado de vida. Segundo ele, esse novo modo foi consequência da composição diversificada da população que aqui vivia na época e, ao mencioná-la, associou os diferentes grupos ao seu lugar de origem.

Essa mesma associação ocorreu quando os grupos acima citados foram mencionados por Corrêa como responsáveis pelo caldeamento cultural no âmbito das festividades. Segundo ele, "Figuravam nas festividades várias dansas e entre elas o **sapateado** e o **côco** de origem indígena, o **fandango** e a **caninha verde** de origem portuguesa, e a **congada** e o **tambor** genuinamente africanas" (CORRÊA, 1946, p. 159, grifos do autor).

Num segundo momento, Corrêa (1946, p. 166-169) elaborou um capítulo intitulado "A mesa brasileira", no qual almejou destacar as contribuições dos negros no que diz respeito à influência cultural, mais especificamente, na culinária brasileira. O autor salientou que "o Brasil [...] é um país formado pela raça indígena, a branca e a negra. A cozinha brasileira dever ser, portanto, um produto dessas três raças. Há pratos que nos foram trazidos pelo branco, pratos que recebemos do negro, pratos que herdamos do selvagem" (CORRÊA, 1946, p. 167).

Nesse trecho, ele utilizou o enunciado raça para identificar os grupos formadores da população brasileira e, na sequência, enfatizou a ideia de grupos humanos com características diversificadas, o que inevitavelmente resultaria numa culinária igualmente diversa. E, nesse sentido, o autor mencionou que "a cozinha portuguesa destaca-se pelas gorduras; a africana pelos azeites exquisitos e pelos apimentados e a selvagem, pelos caldos excitantes e perigosos para a saúde" (CORRÊA, 1946, p. 167).

Aqui se lê que – no contexto da época – a gordura era alimento imprescindível para a boa saúde[26] e, portanto, não precisou ser adjetivada. Já as outras contribuições culinárias foram apresentadas contendo os juízos de valor do autor, como esquisitas e perigosas para a saúde. Mais uma vez se privilegiaram as contribuições europeias em detrimento das de indígenas e negros.

Tendo dito isso, na sequência, o autor proferiu uma série de exemplos de pratos típicos da culinária brasileira, associando-os à influência dos três grupos humanos responsáveis pela formação do povo brasileiro[27]. Segundo ele, "o vatapá [...] é africano. [...] Várias comidas temperadas com azeite de dendê (o dendê é uma palmeira da África) são de origem negra. O vatapá e o caruru são as mais conhecidas. São também africanos os pratos em que se nota o gôsto picante da pimenta malagueta" (CORRÊA, 1946, p. 167).

Percebeu-se que, ao citar os diferentes pratos e temperos, o autor alternou o tratamento entre relacioná-los ao continente ou à cor dos sujeitos; ora ele disse "africano", ora disse "origem negra", o que

---

[26] É preciso lembrar os concursos de robustez que praticamente exaltavam a gordura como sinal de força e saúde nas décadas iniciais do século XX. Segundo Frazão (2012, p. 51), "o aspecto das crianças premiadas que eram, de fato, bastante 'robustas', o que fica indicado pelas dobras em seus membros, tronco e pescoço."

[27] Para este trabalho, foram tomados somente aqueles que diziam respeito à contribuição africana.

demonstrou que o continente africano, de fato, era identificado, sobretudo, pela cor de seus habitantes. Novamente o discurso reelaborado por Lineu foi retomado, associando a cor e a origem dos negros. Outra possibilidade de análise apontou para a tentativa do autor de não utilizar o mesmo enunciado para se referir à temática, evitando tornar o texto repetitivo[28].

Corrêa (1946, p. 167) seguiu com uma lista de exemplos, afirmando que

> negros são o mungunzá, o angu, o manue. Esses e todos os outros pratos temperados com leite de côco. Aí estão a canjica e a pamonha. São africanas. [...] Aí está o maxixe que muitos julgam ser rigorosamente brasileiro. Não é. Entrou para a nossa cozinha pela mão do negro. O feijão preto que hoje é a base da alimentação das nossas populações do sul, é também africano. Africanos são o guando, o quiabo e o gergelim.

Chamou a atenção para este trabalho o seguinte diálogo ocorrido entre os personagens:

> – A mais pobre das três cozinhas é a indígena, não é assim? Indagou a Quiquita.
> – É.

---

[28] Tal possibilidade foi considerada pelo fato de o autor indicar, quando tratou sobre os indígenas: "Índios, como eu já disse, foi o nome que Colombo deu aos habitantes da primeira terra americana que pisou. De agora por diante chamaremos aos habitantes da Pindorama índios, indígenas, selvícolas, isso para lhes não chamar ùnicamente selvagens" (CORRÊA, 1946, p. 27).

> – Eu pensava que era a negra, disse o Pedrinho.
> – Pensou mal, disse o velho. A influência do negro na cozinha brasileira é enorme. O negro quando chegou ao Brasil, estava muito mais adiantado que o indígena. [...] E tanto mais atrasado é um povo quanto mais pobre é a sua cozinha (CORRÊA, 1946, p. 169).

No diálogo reproduzido, um dos personagens questionou se a cozinha indígena seria aquela que teria dado menos contribuições à culinária brasileira. Ao ter a confirmação de seu comentário, desapontou Pedrinho, que supunha ser a negra a cozinha mais pobre. Ou seja, os personagens em momento nenhum cogitaram a possibilidade de a cozinha europeia ser a que menos contribuiu, uma vez que a discussão girou em torno dos negros e indígenas.

Em contrapartida, Corrêa (1946) ressaltou que os negros eram mais adiantados que os índios, ou seja, os negros foram comparados com os índios, ao passo que os europeus ficaram isentos de qualquer comparação. O silêncio em relação aos europeus deixa entender que eles estavam, na visão do autor, em um patamar de civilidade que os distinguia dos outros dois grupos.

Para finalizar, Corrêa (1946, p. 169) pontuou a feijoada, que, segundo ele, é o prato tipicamente brasileiro, pois "tem um pouco de cada raça: o feijão e a pimenta do negro, a farinha do índio, as carnes do branco". Com essa abordagem, pode-se pensar que o autor procurou demonstrar a diversidade brasileira em sua vertente cultural, ainda que tenha apontado para diferenças entre a cozinha de um ou outro grupo, pois concluiu que, ainda assim, houve a integração dos povos.

Assim, se foi percebida uma tentativa por parte do autor de hierarquizar os diferentes grupos que no Brasil se encontraram, convém ressaltar que essa hierarquização, ao contrário das teorias raciais que procuravam situar os negros abaixo de todos os outros, parece ter sido invertida na perspectiva do autor. Ele chegou a mencionar que os negros eram mais adiantados que os indígenas, tanto no que dizia respeito à moradia quanto à culinária, e destacou as suas contribuições na cultura brasileira. Ou seja, o autor se referiu à mestiçagem brasileira sem usar o termo, mas chamando a atenção para essa "mistura". É importante frisar ainda que Corrêa (1946) não procurou mencionar as características fenotípicas dos sujeitos, ou seja, em momento algum ele escreveu sobre a possibilidade de a população brasileira tornar-se menos ou mais negra fisicamente.

À guisa de conclusões

As considerações aqui realizadas, longe de quererem definir uma única perspectiva de interpretação dos dados coletados, apontam a síntese de questões que mais levaram à reflexão sobre a temática abordada. Elas buscaram estabelecer uma relação entre as práticas de produção dos discursos, a produção de saberes e a produção de sujeitos.

Nessa perspectiva, o presente ensaio permitiu constatar que os livros didáticos, no início do período republicano, superavam a função de auxiliar a formação e o trabalho docente, podendo ser entendidos como um meio de difusão da história do país e da constituição do sentimento de nacionalidade. Num contexto em que tal preocupação era evidente, à revelia dos discursos que se produziam – ou se reproduziam – sobre uma possível inferioridade negra, havia o cuidado em se veicular nos livros didáticos apenas aqueles discursos que não comprometessem a unidade nacional.

No que diz respeito aos "negros", é possível considerar que estes, enquanto grupo diversificado, foram construídos historicamente a partir da produção de "saberes" que ressaltavam principalmente suas características físicas e posteriormente estenderam esses discursos aos seus valores morais e culturais. Estes saberes adquiriram um estatuto de verdade ao longo da história e acabaram por influenciar as relações sociais dos diferentes grupos humanos que se utilizavam de seus argumentos para classificar, hierarquizar os diferentes sujeitos e, no caso dos africanos, justificar sua inferioridade e a possibilidade de escravização. No Brasil, inclusive em dicionários da época pesquisada, negros e escravos são sinônimos, demonstrando que essa relação estava profundamente arraigada e legitimada socialmente.

Assim, ao trazer um autor de livro didático publicado na primeira metade do século XX para a discussão de uma temática que está em voga no presente, tem-se o objetivo de colocar a questão da formação escolar como fundamental na produção de imagens e conceitos que parecem se perpetuar por muitas décadas. Sendo um autor respeitado e utilizado largamente nas escolas, por certo influenciou e marcou muitos brasileiros de diversas gerações, uma vez que seus discursos não contrariavam o que era entendido como recomendado pela Comissão que avaliava os livros didáticos produzidos no Brasil.

Nessa perspectiva, foi possível perceber que, embora os negros já fossem homens livres no momento em que o livro didático *História do Brasil para crianças* foi publicado, o autor enfatizou sua condição de escravos, apresentando características morais e culturais que reiteravam sua depreciação. Isso fez com que eles constituíssem uma categoria diferenciada negativamente devido à escravidão, o que também justificaria a crença em uma suposta inferioridade racial.

Chamaram a atenção os discursos produzidos pelo autor em relação às leis abolicionistas, que, para ele, representaram uma importante reforma não apenas para os escravos, mas para toda a sociedade brasileira. Corrêa (1946) definiu a escravidão negra como uma "vergonha", uma "grande mancha" sobre os brasileiros, que contrastava com a condição independente do país. De modo geral, o autor ressaltou a atuação dos abolicionistas que se manifestavam em favor da liberdade dos negros por meio da imprensa e da tribuna, caracterizando-os como homens de talento, coragem e de grande inteligência.

Os discursos analisados revelaram que os enunciados utilizados para descrever os negros sempre estiveram relacionados a uma situação específica, que ora os tratava como um grupo diferenciado e ora como aqueles que também contribuíram para a formação da cultura brasileira. Importante ressaltar que os negros também foram qualificados com enunciados que os exaltavam, porém esse tratamento ocorreu em casos muito específicos, para apresentar negros que de algum modo se destacaram na sociedade brasileira. Ainda assim, sua cor não era mencionada, embora, no caso de Henrique Dias, sua imagem estivesse estampada no livro.

Foi possível perceber que, embora as abordagens realizadas na obra não enfatizassem as características físicas dos negros, a cor foi sistematicamente invocada para que o autor se referisse a eles como "escravos negros", "negro", "negro da África" e "nossos irmãos negros". Entretanto, quando se aborda a população negra após a abolição, a cor não está mais presente, como se esta característica se limitasse aos africanos e escravos e não aos brasileiros livres. Isso permite afirmar que as abordagens priorizaram os elementos sociais e históricos que os constituíam e não os aspectos biológicos, uma vez que os brasileiros em questão eram fruto de uma mistura e não foram mencionados no que diz respeito às suas características físicas.

Foi possível verificar que os escravos, identificados ao longo dos livros didáticos como "pobre gente", "pobres desgraçados", "criaturas humanas", entre outros qualificativos, com o advento da abolição, passaram à condição de "irmãos" dos brasileiros. Ou seja, na perspectiva desse autor, a abolição permitiu essa transição, que foi aqui entendida como fruto da necessidade de se atender ao nacionalismo pretendido naquele momento histórico. Era preciso integrar todos aqueles que se encontravam no Brasil, independentemente de seu pertencimento étnico-racial, ainda que tal postura não estivesse livre de tensões sociais.

Finalmente, embora o autor tenha mencionado aspectos considerados negativos em relação aos negros, Corrêa apresentou, por exemplo, o quilombo de Palmares como um Estado organizado pelos negros no Brasil. Esta nova abordagem demonstra que nenhum discurso está fadado a perpetuar-se, uma vez que os objetos dos quais se discursa frequentemente são construções histórico-sociais e, por essa razão, podem alterar-se indefinidamente. Nesse sentido, se os discursos veiculados sobre os negros ao longo da história apresentavam em sua maioria homens selvagens, inferiores e sem cultura, é possível acreditar que esses discursos possam ser reelaborados de modo a desconstruir esses aspectos negativos e apresentar novas abordagens a respeito, tal como propõe a já mencionada Lei nº 10.639/2003, e a implementação de políticas de ação afirmativa por parte do governo, cuja função é propiciar o reconhecimento e a valorização das diversas etnias que compõem a sociedade brasileira.

Referências

ACADEMIA BRASILEIRA DE LETRAS. *Quem somos.* Disponível em: <http://www.academia.org.br/abl/cgi/cgilua.exe/sys/start.htm?sid=536>. Acesso em: 11 jan. 2013.

ACADEMIA BRASILEIRA DE LETRAS. *Viriato Correia (Biografia).* Disponível em: <http://www.academia.org.br/abl/cgi/cgilua.exe/sys/start.htm?infoid=103&sid=302>. Acesso: 15 dez. 2012.

ALVES, Gilberto Luiz; CENTENO, Carla Villamaina. *A produção de manuais didáticos de história do Brasil:* remontando ao século XIX e início do século XX. Revista Brasileira de Educação, São Paulo, v. 14, n. 42, p. 469-487, set./dez. 2009.

BARROS, José D'Assunção. *A construção social da cor:* diferença e desigualdade na formação da sociedade brasileira. Petrópolis: Vozes, 2009.

BITTENCOURT, Circe M. F. *Autores e editores de compêndios e livros de leitura (1810-1910).* Educação e Pesquisa, São Paulo, v. 30, n. 3, p. 475-491, set./dez. 2004. Disponível em: <http://www.scielo.br/pdf/ep/v30n3/a08v30n3.pdf>. Acesso: 10 fev. 2013.

BITTENCOURT, Circe M. F. *Livro didático e saber escolar (1810-1910).* Belo Horizonte: Autêntica, 2008.

BLOCH, Marc L. B. A história, os homens e o tempo. In: ______. *Apologia da história, ou, o ofício do historiador.* Rio de Janeiro: Jorge Zahar Ed., 2001. p. 51-68.

BOMFIM, Manoel. *A América Latina:* males de origem. Rio de Janeiro: Biblioteca Virtual de Ciências Humanas do Centro

Edelstein de Pesquisas Sociais, 2008. Disponível em: <http://www.bvce.org/LivrosBrasileirosDetalhes.asp?IdRegistro=57>.Acesso em: 13 jan. 2013.

BRASIL. *Diretrizes Curriculares Nacionais para Educação das Relações Étnico-Raciais e para o Ensino de História e Cultura Afro-Brasileira e Africana.* Brasília: DF, 2005.

BUENO, João Batista Gonçalves. *Imagens visuais nos livros didáticos: permanências e rupturas nas propostas de leitura (Brasil, décadas de 1970 a 2000).* Tese (Doutorado em Educação) - UNICAMP, São Paulo, 2011.

CHOPPIN, Alain. Pasado y presente de los manuales escolares. In: BERRIO, Julio Ruiz (Ed.). *La cultura escolar de Europa: tendencias históricas e emergentes.* Madrid: Biblioteca Nueva, 2000. p. 107-166.

CORRÊA, Manuel Viriato. *História do Brasil para crianças.* 13. ed. São Paulo: Editora Nacional, 1946.

D'ARAÚJO, Maria Celina. *A era Vargas.* 2. ed. São Paulo: Moderna, 1997.

DECRETO-LEI Nº 1.006, de 30 de Dezembro de 1938. Disponível em: <http://www2.camara.gov.br/legin/fed/declei/1930-1939/decreto-lei-1006-30-dezembro-1938-350741-publicacaooriginal-1-pe.html>. Acesso em: 21 nov. 2011.

DICCIONÁRIO PRÁTICO ILLUSTRADO. Publicado sob a direcção de Jayme de Séguier. Porto: Lello Limitada, 1931.

FERNANDES, José Ricardo Oriá. *O Brasil contado às crianças. Viriato Corrêa e a literatura escolar para o ensino de História.* Tese (Doutorado em Educação) – Faculdade de Educação, São Paulo, USP, 2009. Disponível em: <http://www.teses.usp.br/teses/disponiveis/48/48134/tde-23092009-143054/pt-br.php> Acesso em: 15 fev. 2012.

FOUCAULT, Michel. *A arqueologia do saber.* 7. ed. Rio de Janeiro: Forense Universitária, 2008.

FOUCAULT, Michel. *A ordem do discurso:* aula inaugural no Collège de France, pronunciada em 2 de dezembro de 1970. São Paulo: Loyola, 2010.

FOUCAULT, Michel. *Microfísica do poder.* Rio de Janeiro: Graal, 2011.

FRAZÃO, Fernanda C. Costa. *A revista Careta e a educação das mulheres: uma dispersão discursiva para a normalização feminina no contexto urbano (1914-1918).* Dissertação (Mestrado em Educação) – UFSJ, São João del-Rei, 2012.

FREITAG, Bárbara et al. *O Estado da Arte do Livro Didático no Brasil.* Brasília: INEP, 1987. Disponível em: <http://www.dominiopublico.gov.br/pesquisa/DetalheObraForm.do?select_action=&co_obra=26108> Acesso: 18 jan. 2013.

FREITAS, Marcos Cezar de; BICCAS, Maurilane de Souza. *História social da educação no Brasil (1926-1996).* São Paulo: Cortez, 2009.

GONDRA, José G. Paul-Michel Foucault – Uma caixa de ferramentas para a História da Educação? In: FARIA FILHO, L. M. (Org.). *Pensadores sociais e História da Educação.* Belo Horizonte: Autêntica, 2005. p. 285-309.

GOULD, Stephen Jay. *A falsa medida do homem.* São Paulo: Martins Fontes, 1999.

MATTOSO, Kátia M. de Queirós. *Ser escravo no Brasil.* 3. ed. São Paulo: Brasiliense, 1990.

MEDIDAS - *Com quantas braças se perfaz uma légua.* Disponível em:<http://doc.brazilia.jor.br/HistDocs/Medidas-antigas-nao-decimais.shtml>. Acesso em: 24 jan. 2013.

MINAS GERAIS. *Leis e Decretos do Estado de Minas Gerais (1927).* Belo Horizonte: Imprensa Oficial, 1928. v. I, II, III.

MOURA, Glória. O direito à diferença. In: MUNANGA, Kabengele (Org.). *Superando o racismo na escola.* Brasília: MEC, 2005. p. 69-82.

MUNANGA, Kabengele. *Rediscutindo a mestiçagem no Brasil:* identidade nacional versus identidade negra. Belo Horizonte: Autêntica, 2004.

MUNANGA, Kabengele. *Uma abordagem conceitual das noções de raça, racismo, identidade e etnia.* 2012. Disponível em: <http://www.

do.ufgd.edu.br/mariojunior/arquivos/abordagem_conceitual_nocoes_raca_racismo_etnia.pdf>. Acesso em: 12 dez. 2012.

MUNANGA, Kabengele; GOMES, Nilma Lino. *O negro no Brasil.* São Paulo: Global, 2006.

NINA RODRIGUES, Raimundo. *As raças humanas e a responsabilidade penal no Brasil.* 3. ed. São Paulo: Companhia Editora Nacional, 1938. Disponível em: <http://www.brasiliana.com.br/brasiliana/colecao/obras/67/As-racas-humanas-e-a-responsabilidade-penal-no-Brasil>. Acesso em: 11 dez. 2012.

NOGUEIRA, Oracy. *Preconceito racial de marca e preconceito racial de origem: sugestão de um quadro de referência para a interpretação do material sobre relações raciais no Brasil.* Tempo Social, v. 19, n. 1, p. 287-308, 2007. Disponível em: <http://www.fflch.usp.br/sociologia/temposocial/site/images/stories/edicoes/v191/v19n1a15.pdf>. Acesso em: 8 jan. 2013.

RIBEIRO JR., Carlos Halferd. *O sistema de ensino ginasial e livros didáticos: interpretações da Independência Brasileira de Joaquim Silva entre 1946 e 1961.* Dissertação (Mestrado em História) – Universidade Estadual Paulista "Júlio de Mesquita Filho", São Paulo, 2007. Disponível em: <http://www.franca.unesp.br/poshistoria/halferd.pdf > Acesso em: 15 fev. 2012.

SANTOS, Sales Augusto dos. A Lei nº 10.639/03 como fruto da luta anti-racista do Movimento Negro. In: SECAD – Secretaria de Educação continuada, Alfabetização e Diversidade. *Educação anti-racista:* caminhos abertos pela Lei Federal nº 10.639/03. Brasília: Ministério da Educação, Secretaria de Educação Continuada, Alfabetização e Diversidade, 2005. p. 21-35.

SCHWARCZ, Lilia Moritz. *O espetáculo das raças:* cientistas, instituições e questão racial no Brasil 1870-1930. São Paulo: Cia das Letras, 1993.

SCHWARCZ, Lilia Moritz. *Previsões são sempre traiçoeiras:* João Baptista de Lacerda e seu Brasil branco. História, Ciências, Saúde, Manguinhos, Rio de Janeiro, v. 18, n. 1, jan.-mar. 2011, p. 225-242. Disponível em: <http://www.scielo.br/pdf/hcsm/v18n1/13.pdf>. Acesso em: 18 jan. 2013.

SILVA, Ana Célia da. A desconstrução da discriminação no livro didático. In: MUNANGA, Kabengele (Org.) *Superando o racismo na escola.* Brasília: MEC/BID/UNESCO, 2005. p. 21-37.

TABELA DE MEDIDAS AGRÁRIAS NÃO DECIMAIS. Disponível em: <http://sistemas.mda.gov.br/arquivos/TABELA_MEDIDA_AGRARIA_NAO_DECIMAL.pdf>. Acesso em: 24 jan. 2013.

TORRES, Alberto. *O problema nacional brasileiro.* Digitalização da terceira edição, 2002. Disponível em: <http://www.ebooksbrasil.org/adobeebook/torresb.pdf>. Acesso em: 21 dez. 2012.

A AUTORA

CRISTINA CARLA SACRAMENTO, mineira, é graduada em Pedagogia e Mestre em Educação pela Universidade Federal de São João del-Rei (UFSJ) e Doutoranda em Educação pela Unicamp. Sua pesquisa tem por objetivo analisar os discursos sobre os negros em livros didáticos de História do Brasil do século XIX e, ao mesmo tempo, compreender como os aspectos relacionados aos dispositivos textuais e tipográficos adotados na produção desses livros participaram da produção de sentidos sobre os negros e seu papel na sociedade.

A Coleção **Pensar a Educação Pensar o Brasil** é fruto de uma parceria entre a *Mazza Edições* e o *Projeto Pensar a Educação Pensar o Brasil – 1822/2022*. Este Projeto, desenvolvido em parceria por docentes e discentes da Pontifícia Universidade Católica de Minas Gerais, da Universidade Federal de Ouro Preto e da Universidade Federal de Minas Gerais, envolve ações de ensino, pesquisa e extensão que buscam refletir sobre o lugar da educação no âmbito dos projetos de Brasil delineados ao longo de nossa história. Fazem parte do Projeto um *Programa de Rádio*, levado ao ar toda semana na *Rádio UFMG Educativa*, *Seminários Anuais* sobre temas relevantes para a educação Brasileira e a presente *Coleção*.

Integram a Coleção cinco séries: *Série Seminário*, *Série Estudos Históricos*, *Série Clássicos da Educação Brasileira*, *Série Diálogos* e *Série Ensaios*.

A **Série Seminários** publica os textos apresentados nos Seminários Anuais do Projeto, dos quais participam os mais importantes pesquisadores em educação do País. A **Série Estudos Históricos** publica trabalhos de história da educação e de áreas afins que contribuam para alargar o entendimento sobre o lugar da educação no âmbito dos projetos de Brasil delineados ao longo de nossa história. A **Série Clássicos da Educação Brasileira** traz resenhas introdutórias das principais obras sobre educação brasileira publicadas pelos principais pesquisadores em educação do País. A **Série Diálogos** publica textos que buscam fortalecer o intercâmbio entre o professorado da educação básica e os(as) pesquisadores(as) das diversas áreas da educação. A **Série Ensaios** publica interpretações da relação entre a educação e as grandes questões que marcaram e marcam a história da sociedade brasileira nos últimos 200 anos.

O objetivo da Mazza Edições e do *Projeto Pensar a Educação Pensar o Brasil – 1822/2022* é que a Coleção contribua para a discussão da educação brasileira e, por meio desta, da constituição da própria sociedade brasileira.

Este livro foi composto em Adobe Garamond Pro e impresso
em papel Offset 90 g/m² (miolo) e Cartão 250 g/m² (capa),
no mês de agosto de dois mil e quatorze.